名探偵コナン

安室透セレクション　ゼロの推理劇《ミステリー》

酒井匙／著　青山剛昌／原作・イラスト

★小学館ジュニア文庫★

ウエディングイブ

DETECTIVE CONAN

TŌRU AMURO SELECTION

こじゃれた一軒家《いっけんや》のイタリアン・レストランの入《い》り口《ぐち》には『本日貸切《ほんじつかしきり》』のプレートがさがっていた。

「頼太君《らいたくん》！　初音《はつね》さん！　結婚《けっこん》おめでと〜!!」

パンパン、と軽《かろ》やかな音《おと》を立《た》てて、クラッカーがはじける。

外《そと》はあいにくの雨《あめ》だが、店《みせ》の中《なか》は清潔《せいけつ》で明《あか》るく、朗《ほが》らかな笑《わら》い声《ごえ》に満《み》ちていた。

祝福《しゅくふく》の中心《ちゅうしん》にいるのは、伴場頼太《ばんばらいた》と加門初音《かもんはつね》。結婚式《けっこんしき》を明日《あした》に控《ひか》えたカップルだ。今晩《こんばん》、店《みせ》では、二人《ふたり》の結婚前夜《けっこんぜんや》を祝《しゅく》したパーティーが行《おこな》われていた。

「よっ！　ご両人《りょうにん》♡　妬《や》けるねぇ!!」

ボックス席《せき》に座《すわ》った毛利小五郎《もうりこごろう》が、二人《ふたり》を冷《ひ》やかす。

隣《となり》には、毛利蘭《もうりらん》と、江戸川《えどがわ》コナンの姿《すがた》もあった。

「いやいや、おめでとうって言《い》われてもねぇ…式《しき》は明日《あした》！　俺達《おれたち》まだ結婚《けっこん》したわけじゃないんだけど…」

口《くち》ではそう言《い》いながらも、伴場《ばんば》はすっかり目《め》じりを下《さ》げ、隣《となり》の初音《はつね》に熱《あつ》い視線《しせん》をそそいでいる。

「いいじゃない！　今夜《こんや》は前夜祭《ぜんやさい》！　式《しき》が終《お》わったらすぐにハネムーンでパリに飛《と》んじゃうんだから…」

初音《はつね》も、うっとりした目《め》つきで、伴場《ばんば》を見《み》つめ返《かえ》した。

「オウ！　久《ひさ》し振《ぶ》りだな、毛利《もうり》！」

伴場《ばんば》が声《こえ》をかけると、初音《はつね》が、物珍《ものめずら》しげに小五郎《こごろう》の顔《かお》を見《み》た。

「じゃあ、こちらがあの名探偵《めいたんてい》の？」

「ああ！　高校時代《こうこうじだい》の悪友《あくゆう》！　毛利小五郎《もうりこごろう》だ!!」

「初《はじ》めまして！」

にこやかに微笑《ほほえ》んで会釈《えしゃく》した初音《はつね》は、小五郎《こごろう》の隣《となり》に座《すわ》る蘭《らん》とコナンに視線《しせん》を移《うつ》した。

「となるとこちらの2人《り》は毛利《もうり》さんの…」

「娘《むすめ》の蘭《らん》です！」

「居候《いそうろう》のコナンです…」

蘭《らん》とコナンが、順番《じゅんばん》に自己紹介《じこしょうかい》する。

小五郎《こごろう》がコナンの頭《あたま》をくしゃっとなでながら「訳《わけ》あってウチで預《あず》かってるんスよ！」と

説明《せつめい》した。

「お2人は、一目惚《ひとめぼ》れって聞《き》きましたけど……」

蘭《らん》が身《み》を乗《の》り出《だ》すと、伴場《ばんば》はまんざらでもなさそうにニヤついた。

「ああ…出会《であ》った瞬間《しゅんかん》に運命《うんめい》を感《かん》じたよ！　なにしろ誕生日《たんじょうび》も血液型《けつえきがた》も境遇《きょうぐう》も同《おな》じでねぇ……」

「たまに黙《だま》っててもお互《たが》いの考《かんが》えてる事《こと》がわかったりするのよ！」

頬《ほお》を染《そ》めてのろけまくる二人《ふたり》を前《まえ》に、「へぇー…」、と蘭《らん》がうらやましげなため息《いき》をつく。

その時《とき》、横《よこ》からウエイターの腕《うで》が伸《の》びてきて、お皿《さら》にのったケーキをテーブルに置《お》こうとした。

ところが、手《て》を滑《すべ》らせ、ガチャン！　と盛大《せいだい》にひっくり返《かえ》してしまう。

「す、すみません!!」

ウエイターがあわてて謝《あやま》るが、ケーキは伴場《ばんば》の膝《ひざ》の上《うえ》でワンバウンドしたのち、見《み》るも無残《むざん》に床《ゆか》の上《うえ》でつぶれていた。

「あらー、ケーキ踏《ふ》んじゃってるわよ!?」

初音《はつね》があわてた声《こえ》をあげる。伴場《ばんば》は、クリームまみれになった膝《ひざ》を見下《みお》ろし「ズボンにもベットリだ…」とげんなりしてつぶやいた。

「本当《ほんとう》にすみません…自分《じぶん》、ここのバイト今日《きょう》が初日《しょにち》で…」

あわあわと謝《あやま》るウエイターの男《おとこ》は、分厚《ぶあつ》い眼鏡《めがね》をかけているせいか目元《めもと》がよく見《み》えないが、それでもはっきりとわかるほど、整《ととの》った顔立《かおだ》ちをしていた。すっと通《とお》った鼻筋《はなすじ》に、褐《かっ》色《しょく》の肌《はだ》。明《あか》るい色《いろ》の髪《かみ》は、いずれの毛先《けさき》も、顔《かお》を包《つつ》み込《こ》むようにくるんと内向《うちむ》きにカーブしている。すらりとした体型《たいけい》に、ギャルソン風《ふう》の制服《せいふく》がよく似合《にあ》っていた。

恐縮《きょうしゅく》しているウエイターに、初音《はつね》は「大丈夫《だいじょうぶ》！」とウィンクを投《な》げた。

「それより、ズボンを拭《ふ》くおしぼりとか持《も》って来《き》てくれる？」

「は、はい、只今《ただいま》!!」

あたふたと戻《もど》っていくドジなウエイターの背中《せなか》を見送《みおく》りながら、伴場《ばんば》はいまいましげに、初音《はつね》に耳打《みみう》ちした。

「おい…あのウエイターがイケメンだからって色目使《いろめつか》ってんじゃねーよ！」

「あら、嫉妬《しっと》してるの？」

「変《か》わってねぇな…手《て》が早《はえ》ークセに焼《や》きモチ妬《や》きな所《ところ》は…」

小五郎《こごろう》にまぜっ返《かえ》され、伴場《ばんば》は顔《かお》を赤《あか》くして言《い》い返《かえ》した。

「毛利《もうり》だって英理《えり》ちゃんに言《い》い寄《よ》る男《おとこ》に眼飛《ガンと》ばしてたじゃねーか!!」

とたんに蘭《らん》が、「そうだったんですか？」と嬉《うれ》しそうな顔《かお》になる。

「――ったく…殿方達《とのがたたち》の独占欲《どくせんよく》には付《つ》き合《あ》ってられないわ…」

そう言《い》うと、初音《はつね》は立《た》ち上《あ》がった。

「ん？　どこ行《い》くんだよ？」

「ネイルサロンよ…ブライダル用《よう》のネイルチップをデコしてもらいに…」

「んなのやんなくていいって！　かなり雨《あめ》ひでぇしよ…」

「ダメよ、予約《よやく》してるし…それにサロンのスタッフは全員女性《ぜんいんじょせい》だからご心配《しんぱい》なく♡」

「前《まえ》にも言《い》ったけど…浮気《うわき》なんかしたらただじゃおかねぇぞ…」

「それはこっちのセリフよ…旦那様《だんなさま》♡」

気取《きど》った口調《くちょう》で言《い》うと、初音《はつね》は伴場《ばんば》の肩《かた》を抱《だ》き、キスをした。目《め》の前《まえ》で見《み》せつけられて、蘭《らん》もコナンもちょっと照《て》れてしまう。

「じゃあ2時間位《じかんくらい》で戻《もど》るから、指先《ゆびさき》にご注目《ちゅうもく》♡」

「付《つ》けるのは式《しき》の直前《ちょくぜん》にすりゃあいいのに…どーせ寝《ね》る前《まえ》に外《はず》すんだから…」

店《みせ》を出《で》ていく初音《はつね》を見送《みおく》りつつボヤいた小五郎《こごろう》は、「あら、普通《ふつう》ネイルチップって24時《じ》間付《かんつ》けっ放《ぱな》しらしいよ…」と、蘭《らん》に言《い》われ、「え？　風呂《ふろ》に入《はい》る時《とき》もかよ!?」と目《め》を丸《まる》くした。

(大変《たいへん》だねぇ、女《おんな》の人《ひと》って……)

軽《かる》く同情《どうじょう》しつつ、コナンはコップの底《そこ》に残《のこ》ったオレンジジュースをずずっと吸《す》い上《あ》げた。

初音《はつね》がネイルサロンに行《い》ってしまうと、伴場《ばんば》は羽根《はね》を伸《の》ばさんばかりにハイペースで酒《さけ》を飲《の》みはじめ、すっかり酔《よ》っ払《ぱら》ってしまった。

「いいじゃねぇか～！　独身最後《どくしんさいご》の夜《よる》なんだからさ――…もっとやさしくしてくれよ～♡」

女友達《おんなともだち》を両脇《りょうわき》にはべらせ、肩《かた》を抱《だ》いてじゃれついている。

「もォ、伴場君《ばんばくん》！　奥《おく》さんに怒《おこ》られちゃうよ？」

そうたしなめられても、肩《かた》に回《まわ》した手《て》を放《はな》そうともせず、ナハハ～！　と楽《たの》しそうに笑《わら》う。そんな伴場《ばんば》の様子《ようす》を、小五郎《こごろう》があきれた様子《ようす》で眺《なが》めていた。

「ったく、あんな美人《びじん》の嫁《よめ》さんもらうってーのに…」

「ホント…誰《だれ》かさんとそっくり…」

蘭《らん》が、じとっと小五郎《こごろう》の方《ほう》をにらむ。実際《じっさい》、赤《あか》ら顔《がお》になって女性《じょせい》に絡《から》む伴場《ばんば》の姿《すがた》は、酔《よ》っ払《ぱら》った時《とき》の小五郎《こごろう》にそっくりなのだった。

「あの…お客様《きゃくさま》…」

と、伴場《ばんば》の肩《かた》をたたいたのは、先程《さきほど》ケーキをひっくり返《かえ》したあのウエイターだ。

「あん？　またお前《まえ》かよ？」

「先程《さきほど》からお電話《でんわ》が…」

言《い》われて伴場《ばんば》が視線《しせん》を落《お》とすと、ジャケットの左《ひだり》ポケットから、ピリリ、ピリリ、と電《でん》子音《しおん》が聞《き》こえてくる。

「おっ！　初音《はつね》からメール…」

メールには、画像《がぞう》が添付《てんぷ》されていた。開《ひら》くと、初音《はつね》が、コーラルピンクの派手《はで》なネイルに飾《かざ》られた指《ゆび》を見《み》せて、満足《まんぞく》げに微笑《ほほえ》んで写《うつ》っている。

「『電話《でんわ》に出《で》ないから写《しゃ》メでお披露目《ひろめ》…30分後《ぷんご》に生《なま》でご覧《らん》あれ…』」

メールの文面《ぶんめん》を読《よ》み上《あ》げた伴場《ばんば》を、「何《なに》よもう！　ラブラブじゃない！」「ごちそうさま♡」と、両隣《りょうどなり》の女友達《おんなともだち》がからかう。

と、その時《とき》、今度《こんど》は伴場《ばんば》のジャケットの右《みぎ》ポケットから、ブーブーと振動音《しんどうおん》が聞《き》こえてきた。伴場《ばんば》が取《と》り出《だ》したのは、初音《はつね》からメールを受《う》け取《と》ったのとは別《べつ》の携帯電話《けいたいでんわ》だ。

「悪《わる》い…ちょっとトイレ…」

誰《だれ》かと通話《つうわ》しながら、あわててトイレに入《はい》っていく伴場《ばんば》の姿《すがた》に、コナンはふと目《め》をとめた。

（ん？　２つ目《め》の携帯《けいたい》…怖《こわ》い顔《かお》で誰《だれ》かと話《はな》してる…）

（あれ？　トイレに入《はい》る前《まえ》にすぐ切《き》っちまった…——って事《こと》は…）

（電話《でんわ》の相手《あいて》はトイレの中《なか》か…）

一体《いったい》、伴場《ばんば》は中《なか》で誰《だれ》と何《なに》をしているのだろうか。つい気《き》になってトイレの方《ほう》へ目《め》をやったコナンに、蘭《らん》が聞《き》いた。

「どうしたの？　コナン君《くん》？　知《し》ってる人《ひと》でもいた？」

「ううん、何《なん》でもない…」

（ま、どーでもいい事《こと》か…）と、思《おも》い直《なお》したところで、トイレのドアが開《あ》いた。

出《で》てきたのは、伴場《ばんば》ではなく、サングラスをかけた無精《ぶしょう》ひげの男《おとこ》だ。

（ん？　まさかあの男《おとこ》が電話《でんわ》の相手《あいて》？）

サングラスの男《おとこ》は、一人《ひとり》でボックス席《せき》に座《すわ》ると、先程《さきほど》の眼鏡《めがね》のウエイターを呼《よ》び止《と》めた。

「あ、ウエイター！　バーボン…ロックで…」

「かしこまりました…」

その時《とき》、サングラスの男《おとこ》に続《つづ》いてトイレから出《で》てきた伴場《ばんば》が、つかつかと店内《てんない》に歩《ほ》を進《すす》め、激突《げきとつ》するような勢《いきお》いでウエイターの腰《こし》にぶつかった。

「わっ」

「気《き》ィ付《つ》けろ、バカ野郎《やろう》!!」

声《こえ》を荒《あら》らげた伴場《ばんば》に、ウエイターが「す、すみません…」と気弱《きよわ》に謝《あやま》る。

「ちょっと、伴場君《ばんばくん》、飲《の》み過《す》ぎよ！」

女友達《おんなともだち》に注意《ちゅうい》され、伴場《ばんば》は「大丈夫《だいじょうぶ》、大丈夫《だいじょうぶ》！」と軽《かる》い調子《ちょうし》で答《こた》えた。

そんな伴場《ばんば》の姿《すがた》に、ウエイターが、探《さぐ》るような視線《しせん》を向《む》ける。

「おい、ウエイターさん…俺《おれ》の注文覚《ちゅうもんおぼ》えてるか？」

サングラスの男《おとこ》が、ウエイターに声《こえ》をかけた。

「あ、はい…バーボンをロックですよね？」

「OK《オーケー》！　間違《まちが》ってねーよ！」

二人《ふたり》のやりとりを聞《き》いた伴場《ばんば》は、なぜかいまいましげに歯噛《はが》みして、ウエイターをキッとにらみつけた。


サングラスの男《おとこ》、ウエイター、そして伴場《ばんば》。

三者三様《さんしゃさんよう》のやりとりを、離《はな》れた席《せき》から観察《かんさつ》していたコナンは、小五郎《こごろう》に聞《き》いた。

「ねぇ、これって小五郎《こごろう》おじさんの高校《こうこう》の同窓会《どうそうかい》も兼《か》ねてるんだよね？」

「あぁ…新婦《しんぷ》の方《ほう》の結婚《けっこん》パーティーは別《べつ》の日《ひ》にやったらしいし…」

「お母《かあ》さんは仕事《しごと》で来《こ》られなかったけどね…」

と、蘭《らん》が付《つ》け加《くわ》える。

「じゃあ、あのサングラスの男《おとこ》の人《ひと》もおじさんの同級生《どうきゅうせい》？」

コナンに聞《き》かれ、小五郎《こごろう》は、サングラスの男《おとこ》に視線《しせん》を投《な》げた。

「覚《おぼ》えてねえなぁ…20年振《ねんぶ》りだからよ…」

と、心当《こころあ》たりもなさそうにボヤく。

サングラスの男《おとこ》は、誰《だれ》かと話《はなし》をする様子《ようす》もなく、一人黙々《ひとりもくもく》とボックス席《せき》で食事《しょくじ》をしているようだった。

× × ×

ネイルを終《お》えた初音《はつね》が運転《うんてん》する車《くるま》が、店《みせ》の駐車場《ちゅうしゃじょう》へと滑《すべ》り込《こ》んできて停車《ていしゃ》した。

雨《あめ》は相変《あいか》わらず、しとしとと降《ふ》り続《つづ》いている。

ピリリ、ピリリ……

傘《かさ》をさしながら、運転席《うんてんせき》から出《で》たところで、ハンドバッグの中《なか》の携帯電話《けいたいでんわ》が鳴《な》る。

「はい…もしもし…え？」

電話《でんわ》に出《で》た初音《はつね》は、顔色《かおいろ》を変《か》えた。

× × ×

一方《いっぽう》そのころ、店内《てんない》では、またも伴場《ばんば》とウエイターが衝突《しょうとつ》していた。

パリン！

床《ゆか》に落《お》ちたグラスが音《おと》を立《た》てて砕《くだ》け散《ち》り、伴場《ばんば》とウエイターが、床《ゆか》の上《うえ》に倒《たお》れこむ。

「痛《いた》たたた…」

顔《かお》をしかめて身体《からだ》を起《お》こしたウエイターに、「ちょっと……何《なに》してんの!?」と、ほかの店員《てんいん》が駆《か》け寄《よ》った。

「い、いきなりこのお客様《きゃくさま》が殴《なぐ》りかかって来《こ》られて…大丈夫《だいじょうぶ》ですか？」

助《たす》け起《お》こそうとウエイターが差《さ》し出《だ》した手《て》を、伴場《ばんば》は乱暴《らんぼう》に振《ふ》りはらった。

「触《さわ》んな、クソ野郎《やろう》!!」

伴場《ばんば》は右手《みぎて》から流血《りゅうけつ》していた。グラスの破片《はへん》で手《て》を切《き》ってしまったようだ。

「おい伴場《ばんば》！　血《ち》が出《で》てるぞ!?」

「やっぱ伴場君《ばんばくん》、飲《の》み過《す》ぎよ!!」

周囲《しゅうい》が心配《しんぱい》するが、伴場《ばんば》は「この位《くらい》、平気平気《へいきへいき》…」と強《つよ》がると、携帯電話《けいたいでんわ》を出《だ》した。2台持《だいも》っているうち、先程《さきほど》初音《はつね》からメールを受信《じゅしん》していた方《ほう》の携帯《けいたい》だ。

「俺《おれ》が今話《いまはなし》があんのは…初音《はつね》だけだよ…」

そうつぶやくと、怒《おこ》ったような口調《くちょう》で、携帯《けいたい》に向《む》かってまくしたてる。

「おう初音《はつね》か？　今《いま》、どこだ？　ん？　サヨナラ？」

伴場《ばんば》は通話《つうわ》の途中《とちゅう》で急《きゅう》に口調《くちょう》を変《か》え、焦《あせ》ったように聞《き》き返《かえ》した。

「何言《なにい》ってんだ初音《はつね》？　おい初音《はつね》!?」

次《つぎ》の瞬間《しゅんかん》……。

ボン！

駐車場《ちゅうしゃじょう》の車《くるま》から、突然《とつぜん》火《ひ》の手《て》が上《あ》がった。

1台《だい》の車《くるま》が炎上《えんじょう》し、黒煙《こくえん》がもうもうと垂直《すいちょく》に立《た》ち上《のぼ》っていく。

「ま、まさかあの車《くるま》…初音《はつね》の…」

伴場《ばんば》は携帯《けいたい》を握《にぎ》りしめたまま、呆然《ぼうぜん》とつぶやいた。小五郎《こごろう》がとっさに指示《しじ》を飛《と》ばす。

「蘭《らん》！　消防車《しょうぼうしゃ》と救急車《きゅうきゅうしゃ》と警察《けいさつ》に連絡《れんらく》だ!!　危《あぶ》ねえから誰《だれ》も店《みせ》から出《だ》すなよ!!」


数十分後《すうじっぷんご》、パトカーで鑑識《かんしき》とともに現場《げんば》にやってきたのは、目暮警部《めぐれけいぶ》と高木刑事《たかぎけいじ》、そして千葉刑事《ちばけいじ》だった。警視庁刑事部捜査一課《けいしちょうけいじぶそうさいっか》の刑事《けいじ》たちで、コナンたちとは顔馴染《かおなじ》みだ。

炎上《えんじょう》した車《くるま》の中《なか》からは、一人《ひとり》の遺体《いたい》が見《み》つかった。遺体《いたい》は黒《くろ》コゲで、現在《げんざい》、歯《は》の治療痕《ちりょうこん》の照合《しょうごう》をしているところだが、おそらく車《くるま》の持《も》ち主《ぬし》である加門初音《かもんはつね》だろうと思《おも》われた。

「車《くるま》が燃《も》える直前《ちょくぜん》に、その加門《かもん》さんから自殺《じさつ》をほのめかす電話《でんわ》があったというのは本当《ほんとう》かね？」

目暮警部《めぐれけいぶ》に聞《き》かれ、報告《ほうこく》をしていた高木刑事《たかぎけいじ》が、「ええ……」とうなずく。

鑑識《かんしき》と一緒《いっしょ》に車《くるま》を調《しら》べていた千葉刑事《ちばけいじ》が、「警部《けいぶ》！」と目暮警部《めぐれけいぶ》に声《こえ》をかけた。

「車《くるま》に旅行用《りょこうよう》のトランクが２つ入《はい》ってました…」

「２つ？」

「ハネムーンに行《い》く準備《じゅんび》をしてたんでしょう…。亡《な》くなった彼女《かのじょ》は明日《あした》、私《わたし》の旧友《きゅうゆう》と結婚《けっこん》する予定《よてい》でしたから…」

口《くち》をはさんできたのは、小五郎《こごろう》だ。毎回行《まいかいい》く先々《さきざき》で事件《じけん》と鉢合《はちあ》わせる死神《しにがみ》のような男《おとこ》を、目暮警部《めぐれけいぶ》は（またお前《まえ》か……）とじとっとにらんだ。

「でも何《なん》でそんな幸《しあわ》せな人《ひと》が自殺《じさつ》を…」

怪訝《けげん》そうにする高木刑事《たかぎけいじ》に、小五郎《こごろう》は適当《てきとう》に「さぁ…マリッジブルーってやつじゃねーのか？」と首《くび》をかしげた。

電話《でんわ》のこともあり、自殺《じさつ》で決《き》まりだろうというムードが、現場《げんば》には漂《ただよ》っている。

しかし、本当《ほんとう》にそうなのだろうか――。

コナンは、車《くるま》の陰《かげ》に落《お》ちていた小《ちい》さなコーラルピンクのかけらを見《み》つけ、高木刑事《たかぎけいじ》に声《こえ》をかけた。

「ねぇ、これって付《つ》け爪《づめ》だよね？」

「え？」

（もしかしたら…まだ自殺《じさつ》だと断定《だんてい》しねぇ方《ほう》がいいかもな…）

地面《じめん》に落《お》ちた付《つ》け爪《づめ》をにらむコナンが想定《そうてい》するのは、他殺《たさつ》の可能性《かのうせい》。

しかし、真実《しんじつ》に迫《せま》るには、まだピースが足《た》りなかった。


コナンの懸念通《けねんどお》り、その後《ご》すぐに、自殺《じさつ》ではなく他殺《たさつ》である疑《うたが》いが濃厚《のうこう》になった。

鑑識《かんしき》の結果《けっか》、コナンが見《み》つけた付《つ》け爪《づめ》の先《さき》に、わずかな皮膚《ひふ》が付着《ふちゃく》していることがわかったのだ。

初音《はつね》は付《つ》け爪《づめ》を、ついさっきネイルサロンで付《つ》けてもらったばかり。となると、その付《つ》け爪《づめ》に付《つ》いていたのは、彼女《かのじょ》が車《くるま》のそばで誰《だれ》かと争《あらそ》った時《とき》に付着《ふちゃく》した、犯人《はんにん》の皮膚《ひふ》である可能性《かのうせい》が高《たか》い。

そのことを聞《き》いた伴場《ばんば》は、目《め》に涙《なみだ》をためて、目暮警部《めぐれけいぶ》に詰《つ》め寄《よ》った。

「だ、誰《だれ》だ!?　誰《だれ》が初音《はつね》を殺《や》ったんだよ!?」

「えーっと、あなたは、彼女《かのじょ》と婚約《こんやく》していた伴場頼太《ばんばらいた》さんですよね？」

「ああ、そうだよ！」

目暮警部《めぐれけいぶ》は、包帯《ほうたい》の巻《ま》かれた伴場《ばんば》の右手《みぎて》を手《て》に取《と》って聞《き》いた。

「この手《て》のケガ…どうされたんですか？」

「こ、これはさっき転《ころ》んだ時《とき》に…コップの破片《はへん》で…」

「では、このヘアブラシに見覚《みおぼ》えは？」

と、今度《こんど》はビニールの袋《ふくろ》に入《はい》ったヘアブラシを見《み》せる。

「あ、ああ…俺《おれ》のだよ…旅行用《りょこうよう》のトランクに入《い》れたはずだけど…」

伴場《ばんば》が認《みと》めると、目暮警部《めぐれけいぶ》は声《こえ》を低《ひく》くして、強《つよ》い口調《くちょう》で告《つ》げた。

「これから採取《さいしゅ》した毛髪《もうはつ》のDNA《ディーエヌエー》を照合《しょうごう》した結果《けっか》…彼女《かのじょ》の付《つ》け爪《づめ》に付着《ふちゃく》していた皮膚《ひふ》のD《ディー》NA《エヌエー》と…ほぼ一致《いっち》したんですよ！」

「な、何言《なにい》ってんだ⁉」

衝撃《しょうげき》の事実《じじつ》に、伴場《ばんば》は、度肝《どぎも》を抜《ぬ》かれて叫《さけ》んだ。

「お、俺《おれ》が初音《はつね》を殺《ころ》したっていうのかよ⁉」

「あ、いえ…まだピッタリ一致《いっち》したわけじゃないので、できればあなたの承諾《しょうだく》を得《え》て正確《せいかく》に鑑定《かんてい》したいんですが…」

高木刑事《たかぎけいじ》が穏便《おんびん》に言《い》う。小五郎《こごろう》も、「落《お》ち着《つ》けよ伴場《ばんば》！」となだめるように声《こえ》をかけた。

「お前《まえ》はやってないんだろ？」

「あ、当《あ》たり前《まえ》だ!!」

と、伴場《ばんば》がわめく。

その時《とき》、涼《すず》しげな声《こえ》が、口《くち》をはさんだ。

「でも、彼女《かのじょ》に抵抗《ていこう》されてひっかかれた傷《きず》をごまかす為《ため》に、わざと僕《ぼく》に殴《なぐ》りかかってケガをしたって場合《ばあい》も考《かんが》えられますよね？」

あのウエイターの男《おとこ》だ。

「な、何《なん》だとてめェ!?」

伴場《ばんば》がすごんで、ウエイターをにらみつける。

伴場《ばんば》に加勢《かせい》するように、サングラスの男《おとこ》が「フン…」と鼻《はな》を鳴《な》らして言《い》った。

「よく言《い》うぜ…。愛《いと》しい女《おんな》が誰《だれ》かの物《もの》になっちまう前《まえ》に殺《ころ》したんじゃねぇのか？　ウエイターさんよォ！」

「ど、どういう事《こと》かね？」

目暮警部《めぐれけいぶ》が戸惑《とまど》って、伴場《ばんば》とウエイターを交互《こうご》に見《み》る。

伴場《ばんば》は目《め》に涙《なみだ》をため、つかみかからんばかりに、ウエイターに詰《つ》め寄《よ》った。

「自分《じぶん》で言《い》わねぇんなら俺《おれ》が言《い》ってやるよ！　こいつは初音《はつね》と密会《みっかい》してた…愛人《あいじん》なんだよ!!」

伴場《ばんば》に指《ゆび》を突《つ》き付《つ》けられ、ウエイターは心外《しんがい》そうに片眉《かたまゆ》を上《あ》げた。

「そ、そうなのかね!?」

目暮警部《めぐれけいぶ》がぎょっとして確認《かくにん》する。

ウエイターは小《ちい》さく笑《わら》うと、落《お》ち着《つ》きはらった動作《どうさ》で、ゆっくりと眼鏡《めがね》を外《はず》した。

「そりゃー会《あ》ってましたよ…。なにしろ僕《ぼく》は彼女《かのじょ》に雇《やと》われていた…プライベートアイ――」

ウエイターの男《おとこ》の雰囲気《ふんいき》が一変《いっぺん》した。

（え？）

コナンは目《め》をしばたたいて、ウエイターの顔《かお》をぐるりと見《み》つめた。

「――探偵《たんてい》ですから…」

口元《くちもと》に浮《う》かぶのは、不敵《ふてき》な笑《え》み。

自信《じしん》たっぷりのその口調《くちょう》に、気弱《きよわ》でドジなウエイターの面影《おもかげ》は、もはやなかった。

（た、探偵《たんてい》!?）

コナンは、驚《おどろ》いて、ウエイターの顔《かお》を見《み》つめた。分厚《ぶあつ》いレンズを外《はず》した彼《かれ》の素顔《すがお》は、眼鏡《めがね》をかけていた時以上《ときいじょう》にイケメンだ。少《すこ》し垂《た》れた目《め》じりは精悍《せいかん》で凛々《りり》しく、まなざしは覇気《はき》に満《み》ちている。

「た、探偵《たんてい》だと!?　お、おかしいじゃねぇか!?」

突然《とつぜん》の展開《てんかい》についていけず、伴場《ばんば》がわめく。

「初音《はつね》に雇《やと》われた探偵《たんてい》が、何《なん》で初音《はつね》と俺《おれ》の結婚《けっこん》パーティーの店《みせ》で偶然《ぐうぜん》ウエイターをやってるんだよ!?」

「偶然《ぐうぜん》ではありませんよ…。僕《ぼく》がアルバイトとして採用《さいよう》されたこの店《みせ》を、パーティー会場《かいじょう》に選《えら》んでもらったんです…。初音《はつね》さんだったでしょ？　この店《みせ》に決《き》めたのは…」

「そ、そうだけど…い、一体何《いったいなん》の為《ため》に!?」

探偵《たんてい》――安室透《あむろとおる》は、困惑《こんわく》する伴場《ばんば》の顔《かお》を、真正面《ましょうめん》から見《み》つめた。

「もちろんあなたの動向《どうこう》を…監視《かんし》する為《ため》ですよ…」

「お、俺《おれ》の監視《かんし》？」

「初音《はつね》さんに頼《たの》まれたんです…浮気性《うわきしょう》のあなたに女《おんな》がいないか調《しら》べて見張《みは》ってくれと…。だからわざとあなたのズボンにケーキの染《し》みをつけたんです…女性《じょせい》に言《い》い寄《よ》られないように…。まぁ、あなたはそんな染《し》みも気《き》にせず女性《じょせい》と仲良《なかよ》くされていたようですが…」

皮肉《ひにく》っぽく言《い》うと、安室《あむろ》は、店《みせ》の外《そと》に停《と》まった、焼《や》けこげた車《くるま》に目《め》をやった。

「もっとも、僕《ぼく》が彼女《かのじょ》にそう頼《たの》まれていた事《こと》を証明《しょうめい》しようにも…初音《はつね》さん本人《ほんにん》はこの店《みせ》の駐車場《ちゅうしゃじょう》に停《と》めた車《くるま》の中《なか》で焼死《しょうし》してしまったみたいですけど…。しかし僕《ぼく》が彼女《かのじょ》に依頼《いらい》を受《う》けていた事《こと》は、そのサングラスの彼《かれ》が証明《しょうめい》してくれそうですよ？　僕《ぼく》が彼女《かのじょ》に伴場《ばんば》さんの身辺調査《しんぺんちょうさ》の途中経過《とちゅうけいか》を報告《ほうこく》していた現場《げんば》に居合《いあ》わせたようですし…」

「何《なん》なんだね、あんたは⁉」

目暮警部《めぐれけいぶ》が、サングラスの男《おとこ》――春岡参治《はるおかさんじ》に詰《つ》め寄《よ》った。

「あ、いや…」

口《くち》ごもった春岡《はるおか》に代《か》わり、安室《あむろ》が「恐《おそ》らく彼《かれ》もまた探偵《たんてい》なんでしょう…」と言葉《ことば》を継《つ》いだ。

「依頼主《いらいぬし》は新郎《しんろう》である伴場《ばんば》さん…。彼女《かのじょ》が最近誰《さいきんだれ》かと会《あ》っているようなので、探《さぐ》って欲《ほ》しいと依頼《いらい》され…密会現場《みっかいげんば》を突《つ》き止《と》める事《こと》はできたが、相手《あいて》の男《おとこ》は帽子《ぼうし》とフードを被《かぶ》っていて顔《かお》がわからない…。でも、その時《とき》に聞《き》いた男《おとこ》の声《こえ》がウエイターの僕《ぼく》と似《に》ていたので…僕《ぼく》をテーブルに呼《よ》んで注文《ちゅうもん》し、改《あらた》めて声《こえ》が同《おな》じなのを確認《かくにん》して…同一人物《どういつじんぶつ》だという事《こと》をサインで伴場《ばんば》さんに伝《つた》えたという所《ところ》でしょう…。その直前《ちょくぜん》に伴場《ばんば》さんを携帯《けいたい》でトイレに呼《よ》び出《だ》したのは、店内《てんない》に例《れい》の男《おとこ》がいるかもしれないからこれから確《たし》かめると伝《つた》える為《ため》…ですよね？」

「あ、ああ、そうだよ!!」

安室《あむろ》のするどい洞察力《どうさつりょく》に追《お》いつめられ、春岡《はるおか》は、やけくそ気味《ぎみ》に認《みと》めた。

トイレから出《で》てきた後《あと》、春岡《はるおか》が安室《あむろ》にバーボンのオーダーを確認《かくにん》してから言《い》った「O《オー》K《ケー》！　間違《まちが》ってねーよ！」という言葉《ことば》は、初音《はつね》と密会《みっかい》していた男《おとこ》が安室《あむろ》で間違《まちが》いない、ということを伴場《ばんば》に伝《つた》えるサインだったのだ。

「まさかあんたが探偵《たんてい》だと思《おも》わなかったんだ…尾行《びこう》してもまかれたし…」

「で、でも彼女《かのじょ》が謎《なぞ》の男《おとこ》と会《あ》っている事《こと》を知《し》ってて結婚《けっこん》しようとしてたんですか？」

高木刑事《たかぎけいじ》が戸惑《とまど》い気味《ぎみ》に聞《き》く。伴場《ばんば》は苦々《にがにが》しげに答《こた》えた。

「その密会以来《みっかいいらい》、男《おとこ》とは会《あ》ってねぇって探偵《たんてい》さんが言《い》ってたし、探偵《たんてい》を雇《やと》って彼女《かのじょ》を調《しら》べていたなんて知《し》られたら、嫌《きら》われると思《おも》ったんだよ！　お互《たが》い養子《ようし》だって事《こと》まで打《う》ち明《あ》け合《あ》った仲《なか》だったから…」

「まあ、実際《じっさい》は、お互《たが》い探偵《たんてい》を雇《やと》って相手《あいて》を探《さぐ》っていたようだがね…」

と、目暮警部《めぐれけいぶ》があきれ交《ま》じりに言《い》う。

「俺《おれ》に依頼《いらい》してくれりゃあこんな優男《ヤサおとこ》、探偵《たんてい》だってすぐに突《つ》き止《と》めてやったのによ！」

小五郎《こごろう》の言葉《ことば》に、伴場《ばんば》は「頼《たの》めるかよ！」と吐《は》き捨《す》てた。

「お前《まえ》は有名《ゆうめい》で顔《かお》バレしてるし…後《あと》で彼女《かのじょ》に紹介《しょうかい》するつもりだったしよ…」

「でもなあ、俺《おれ》に任《まか》せてりゃ彼女《かのじょ》も自殺《じさつ》なんてしなかったと思《おも》うぞ？　彼女《かのじょ》が車《くるま》の中《なか》で火《ひ》をつけた原因《げんいん》は、この店《みせ》でのお前《まえ》のご乱行《らんぎょう》を、この男《おとこ》が彼女《かのじょ》に電話《でんわ》でチクったからかも知《し》れねーんだからな！」

「ぼ、僕《ぼく》はそんな電話《でんわ》してませんよ…」

小五郎《こごろう》に言《い》いがかりをつけられ、安室《あむろ》はあわてて両手《りょうて》を振《ふ》って、否定《ひてい》した。

「それに酔《よ》って女性《じょせい》にじゃれついてた程度《ていど》でしたし、あれを電話《でんわ》で聞《き》いたとしても自殺《じさつ》するとは…」

「電話《でんわ》といえば…あなた、彼女《かのじょ》の車《くるま》から火《ひ》の手《て》が上《あ》がる直前《ちょくぜん》に彼女《かのじょ》に電話《でんわ》し、自殺《じさつ》をほのめかすメッセージを受《う》けたそうですが…」

目暮警部《めぐれけいぶ》が、厳《きび》しい表情《ひょうじょう》になって伴場《ばんば》に聞《き》く。

「あ、ああ…泣《な》きながら『サヨナラ』って…ホラ、今夜《こんや》8時《じ》54分《ぷん》！　通話履歴《つうわりれき》が残《のこ》ってるだろ？」

「110番《ばん》通報《つうほう》された時間《じかん》は？」

「えーっと、9時《じ》21分《ぷん》です…」

高木刑事《たかぎけいじ》が警察手帳《けいさつてちょう》を確認《かくにん》しながら答《こた》える。

「30分近《ぷんちか》く時間差《じかんさ》があるようですが…」

「し、知《し》らねーよ！」

「あ、電話《でんわ》したのわたしなんですけど…」

通報者《つうほうしゃ》である蘭《らん》が言《い》った。

「先《さき》に救急車《きゅうきゅうしゃ》や消防車《しょうぼうしゃ》を呼《よ》ぶのに色々手間《いろいろてま》取《ど》っちゃって…。でも救急車《きゅうきゅうしゃ》や消防車《しょうぼうしゃ》が到着《とうちゃく》した時《とき》には…もう手《て》がつけられないぐらい車《くるま》の中《なか》が燃《も》えてたみたいですけど…」

「でもさー、おかしくなーい？」

大人《おとな》たちの会話《かいわ》に、ふいにコナンの幼《おさな》い声《こえ》が交《ま》じった。

「普通《ふつう》、車《くるま》の、人《ひと》が乗《の》る場所《ばしょ》って燃《も》えにくい物《もの》で作《つく》ってあるのに、何《なん》であんなに燃《も》えてたの？」

無邪気《むじゃき》を装《よそお》ったコナンの質問《しつもん》に、蘭《らん》も「そ、そうね…時々《ときどき》爆発《ばくはつ》してたみたいだし…」と、戸惑《とまど》ったようにつぶやく。

「爆発《ばくはつ》したのはスプレー缶《かん》だよ！」

高木刑事《たかぎけいじ》が説明《せつめい》した。

「スプレー缶《かん》や紙《かみ》やダンボールが車内《しゃない》に大量《たいりょう》にあったようで、それに引火《いんか》したからあんなに燃《も》えたらしいよ…」

「なぜそんな物《もの》が車内《しゃない》に？」

目暮警部《めぐれけいぶ》が伴場《ばんば》の方《ほう》を見《み》て聞《き》く。

「今夜《こんや》、パーティーが終《お》わったら2人《り》で車《くるま》に型紙《かたがみ》あててスプレーでデコる予定《よてい》だったんだよ…そのデコった車《くるま》で2人《り》で結婚式場《けっこんしきじょう》に乗《の》り込《こ》んでみんなを驚《おどろ》かしてやろうって…。う、嘘《うそ》だと思《おも》うならメール見《み》てくれよ！　ちゃんと材料《ざいりょう》を揃《そろ》えたってメールが彼女《かのじょ》から来《き》てるからよ！」

伴場《ばんば》に促《うなが》され、携帯《けいたい》の履歴《りれき》を確認《かくにん》していた目暮警部《めぐれけいぶ》は、画面《がめん》をスクロールする指《ゆび》を

「ん？」と止《と》めた。

「今夜《こんや》8時《じ》18分《ぷん》に『あと30分《ぷん》で戻《もど》る』という内容《ないよう》のメールが彼女《かのじょ》から届《とど》いているようだが…」

「あ、ああ…ネイルサロンから写《しゃ》メを送《おく》って来《き》たみたいで…」

「…という事《こと》は…」

目暮警部《めぐれけいぶ》は携帯《けいたい》を握《にぎ》りしめたまま、ぎろりと伴場《ばんば》をにらんだ。

「あなたは車内《しゃない》に可燃物《かねんぶつ》が大量《たいりょう》にあった事《こと》も…彼女《かのじょ》がこの店《みせ》に戻《もど》って来《く》る時間《じかん》も知《し》っていたという事《こと》ですな？」

「お、おい、何言《なにい》ってんだ⁉」

自分《じぶん》が犯人《はんにん》として疑《うたが》われていることを知《し》り、伴場《ばんば》が動揺《どうよう》する。

「つまりあなたなら店《みせ》をこっそり抜《ぬ》け出《だ》し、駐車場《ちゅうしゃじょう》で彼女《かのじょ》を待《ま》ち伏《ぶ》せて気絶《きぜつ》させ、車《くるま》に押《お》し込《こ》んで焼殺《しょうさつ》できたという事《こと》ですよ！」

「おいおいおい…」

「その上《うえ》、車《くるま》のそばには彼女《かのじょ》が今夜《こんや》付《つ》けたばかりの付《つ》け爪《づめ》が落《お》ちており…その付《つ》け爪《づめ》の先《さき》には微量《びりょう》の皮膚《ひふ》が付着《ふちゃく》していました…。状況《じょうきょう》から考《かんが》えると…その皮膚《ひふ》は車《くるま》のそばで彼女《かのじょ》が襲《おそ》われ抵抗《ていこう》し、ひっかいた時《とき》に付《つ》いた犯人《はんにん》の物《もの》である可能性《かのうせい》が高《たか》い！　その皮膚《ひふ》のDNA《ディーエヌエー》があなたのヘアブラシに付《つ》いていた毛髪《もうはつ》のDNA《ディーエヌエー》とほぼ一致《いっち》したんですよ…」

「で、でもピッタリ一致《いっち》したわけじゃねーんだろ!?」

「ほぼという事《こと》は…」

と、安室《あむろ》が、しれっとした表情《ひょうじょう》で横《よこ》やりを入《い》れた。

「その皮膚《ひふ》が先程《さきほど》まで降《ふ》っていた雨《あめ》や泥《どろ》などで汚染《おせん》され、完全《かんぜん》なデータが取《と》れなかった為《ため》だと思《おも》いますが…血縁者《けつえんしゃ》じゃない限《かぎ》り…遺伝子《ゲノム》情報のほぼ一致《いっち》は、まずありえない事《こと》を踏《ふ》まえると…そのDNA《ディーエヌエー》は同《おな》じ人物《じんぶつ》のDNA《ディーエヌエー》と考《かんが》えた方《ほう》が自然《しぜん》ですけどね…」

「な、何《なん》だとてめェ!?」

激高《げっこう》した伴場《ばんば》が、安室《あむろ》に向《む》かってこぶしを振《ふ》り上《あ》げる。

安室《あむろ》はすっと半身《はんみ》を引《ひ》いて、殴《なぐ》りかかってきた伴場《ばんば》を受《う》け流《なが》した。そして、いかにもなよっとした仕草《しぐさ》で「や、止《や》めてください、暴力《ぼうりょく》は…」と身体《からだ》をすくめた。

「毛利《もうり》さん、彼《かれ》の足《あし》を押《お》さえて!!　また殴《なぐ》りかかって来《こ》られたら……」

と、おびえた様子《ようす》で小五郎《こごろう》に声《こえ》をかけるが、小五郎《こごろう》は「んな必要《ひつよう》ねーよ…」とポケットに手《て》を突《つ》っ込《こ》んだまま動《うご》かない。

犯人《はんにん》だと疑《うたが》われ続《つづ》けて、伴場《ばんば》はすっかりぶすっとしていた。小五郎《こごろう》が、なだめるように声《こえ》をかける。

「おい伴場《ばんば》、落《お》ち着《つ》けって…まだあのヘアブラシに付《つ》いてた髪《かみ》がお前《まえ》のだって決《き》まったわけじゃねーし…。ちゃんとお前《まえ》のDNA《ディーエヌエー》を取《と》って調《しら》べてもらえばいいじゃねーか！　口《くち》ん中《なか》の粘膜《ねんまく》を綿棒《めんぼう》で採取《さいしゅ》するだけだからよ！」

「では、DNA鑑定《ディーエヌエーかんてい》の承諾《しょうだく》をして頂《いただ》けますね？」

高木刑事《たかぎけいじ》に促《うなが》され、「あ、ああ…」と、伴場《ばんば》はしぶしぶうなずいた。


一方《いっぽう》、コナンは、伴場《ばんば》が床《ゆか》に倒《たお》れた時《とき》に、彼《かれ》の靴《くつ》の裏《うら》をのぞき込《こ》んで（ん？）と異変《いへん》に気付《きづ》いていた。

靴底《くつぞこ》にクリームが付着《ふちゃく》しているのだ。

パーティーの初《はじ》めに、安室《あむろ》がサーブしようとして床《ゆか》に落《お》としたケーキを、踏《ふ》んづけてしまった時《とき》のものだろう。それが、まだ、靴底《くつぞこ》に残《のこ》っている。

（じゃあ、この人《ひと》どうやって…）

コナンは、高木刑事《たかぎけいじ》に付《つ》き添《そ》われて鑑識《かんしき》の方《ほう》へ向《む》かっていく伴場《ばんば》の背中《せなか》を見《み》つめた。

靴底《くつぞこ》のクリームのことが、引《ひ》っ掛《か》かる。しかし……。

（まあ、DNA鑑定《ディーエヌエーかんてい》の結果《けっか》が出《で》ればはっきりするさ…。トリックを考《かんが》えるのはそれがわかってからでも…）

「でもDNA鑑定《ディーエヌエーかんてい》ってすごいよね…」

隣《となり》で蘭《らん》が、感心《かんしん》したようにつぶやく。

「昔《むかし》はツバからじゃあ血液型《けつえきがた》ぐらいしかわからなかったらしいのに、今《いま》じゃ本人《ほんにん》かどうかズバリわかっちゃうんだもん！」

「うん、そだね」

「じゃあ姿《すがた》を変《か》えてみんなをだましてる人《ひと》もすぐにわかっちゃうね！」

姿《すがた》を変《か》えて、みんなをだましてる——まるで自分《じぶん》の正体《しょうたい》が工藤新一《くどうしんいち》であることを言《い》い当《あ》てられたかのような、蘭《らん》の一言《ひとこと》。

コナンはぎくりとしつつも、「う、うん…そだね…」と、ぎこちなくうなずいて、ごまかした。

「目暮警部《めぐれけいぶ》！」

レストラン内《ない》の間取《まど》りの調査《ちょうさ》を終《お》えた高木刑事《たかぎけいじ》が、駆《か》けてきて、目暮警部《めぐれけいぶ》に報告《ほうこく》をした。

それによれば、この店《みせ》から駐車場《ちゅうしゃじょう》に行《い》くためには、外《そと》のテラス席《せき》に出《で》られる後方《こうほう》のドアか、正面《しょうめん》の扉《とびら》を通《とお》る必要《ひつよう》があるらしい。しかし、事件当時《じけんとうじ》はかなり雨《あめ》が降《ふ》っていて、外《そと》に出《で》る客《きゃく》もいそうにないので、後方《こうほう》のドアには鍵《かぎ》をかけていたという。駐車場《ちゅうしゃじょう》に行《い》くとしたら、正面《しょうめん》の出入《でい》り口《ぐち》から出《で》るしかないということになるが、その場合《ばあい》はかなり人目《ひとめ》につきやすくなる。パーティーの最中《さいちゅう》、初音以外《はつねいがい》の誰《だれ》かが正面《しょうめん》の出入《でい》り口《ぐち》から外《そと》に出《で》たという証言《しょうげん》は、今《いま》のところなかった。

「他《ほか》に出入《でい》り口《ぐち》はないのかね？」

「い、一応《いちおう》トイレの窓《まど》から出《で》れば駐車場《ちゅうしゃじょう》に行《い》けるようですが…窓《まど》の下《した》には大《おお》きな水《みず》たまりがあったので…そこを通《とお》ったのならそれによる足跡《ゲソコン》が残《のこ》ってるはずかと…。店内《てんない》の客《きゃく》の中《なか》にも…ズボンの裾《すそ》や靴《くつ》を汚《よご》した人《ひと》はいないようですし…。あと、事件当時《じけんとうじ》は風《かぜ》が吹《ふ》いていたようです…。車《くるま》の中《なか》で焼死《しょうし》した初音《はつね》さんが持《も》っていたと思《おも》われる傘《かさ》が、駐車場《ちゅうしゃじょう》の端《はし》まで飛《と》ばされていましたので…」

(風《かぜ》…？)

こっそりと高木刑事《たかぎけいじ》の報告《ほうこく》を聞《き》いていたコナンは、事件前《じけんまえ》の天候《てんこう》を思《おも》い出《だ》した。

(そーいえばこの店《みせ》に来《き》た時《とき》…結構《けっこう》、風吹《かぜふ》いてたな…)

「で？　あんた方探偵《がたたんてい》は何《なに》か心当《こころあ》たりはないのかね？　あの2人《り》がもめていたとか…彼女《かのじょ》が自殺《じさつ》する程《ほど》の悩《なや》み事《ごと》を抱《かか》えていたとか…」

「さぁね…」

目暮警部《めぐれけいぶ》に聞《き》かれ、春岡《はるおか》が首《くび》をすくめる。

「彼女《かのじょ》が男《おとこ》と密会《みっかい》してるって教《おし》えた時《とき》はかなり動揺《どうよう》してたが…。最近《さいきん》は彼女《かのじょ》が誰《だれ》かとこそこそ電話《でんわ》してた方《ほう》が気《き》になってたようですよ…。まぁ、どーせこの男《おとこ》と連絡《れんらく》を取《と》ってたんでしょうけどね…」

「あ、いや…僕《ぼく》は彼女《かのじょ》との連絡《れんらく》はメールでしてましたから…外《そと》で会《あ》ったのも、あなたが見《み》た一度《いちど》きりでしたし…」

安室《あむろ》はそう言《い》うと、ふいに声《こえ》をひそめた。

「ただ…彼女《かのじょ》が顔《かお》を曇《くも》らせた事《こと》が一度《いちど》だけありました…」

「曇《くも》らせた？」

と、目暮警部《めぐれけいぶ》が怪訝《けげん》そうに聞《き》き返《かえ》す。

「自分《じぶん》、探偵《たんてい》なんで彼《かれ》の事《こと》を色々詳《いろいろくわ》しく調《しら》べていたんですけど…そうしたらある事《こと》がわかったんです…。彼《かれ》は彼女《かのじょ》と同《おな》じホテル火災《かさい》で助《たす》け出《だ》された2人《り》で…身元不明《みもとふめい》のまま同《おな》じ教《きょう》会《かい》で育《そだ》てられていた事《こと》が…」

(え？)

コナンははっとして、安室《あむろ》の顔《かお》を見《み》つめた。

「じゃあ2人《り》の両親《りょうしん》はそれぞれその火事《かじ》で…」

目暮警部《めぐれけいぶ》の言葉《ことば》に、安室《あむろ》は「ええ、恐《おそ》らく…」とうなずいた。

「かなり大《おお》きな火事《かじ》で死者《ししゃ》も大勢出《おおぜいで》たようですし…2人共赤子《りともあかご》だったらしいので…」

「…という事《こと》は、2人《り》は幼馴染《おさなな》みだったのかね？」

「いえ…彼《かれ》の方《ほう》はすぐに里親《さとおや》に引《ひ》き取《と》られたようですが…彼女《かのじょ》の方《ほう》はしばらく教会《きょうかい》で育《そだ》てられていたと…」

「だが何《なん》でそれで顔《かお》を曇《くも》らせたんだね？」

「さあ…後《あと》は自分《じぶん》で調《しら》べると言《い》ってましたけど…」

安室《あむろ》と目暮警部《めぐれけいぶ》の会話《かいわ》を聞《き》くうちに、コナンが抱《いだ》いていた推測《すいそく》は、確信《かくしん》へと変《か》わっていった。

「ねぇ、蘭姉《らんねえ》ちゃん…」

隣《となり》にいる蘭《らん》に、声《こえ》をかける。

「ん？」

「初音《はつね》さんの背《せ》って…蘭姉《らんねえ》ちゃんより低《ひく》かったよね？」

「う、うん…でも彼女《かのじょ》、かなり高《たか》いヒールのブーツ履《は》いてたから…わたしよりもっと低《ひく》くて150そこそこだったかも…。でもさ…何《なん》でそんな事聞《ことき》くの？」

（日本人女性《にっぽんじんじょせい》の平均身長《へいきんしんちょう》は159ぐらいだったよな……）

とすれば、初音《はつね》の身長《しんちょう》は、平均身長《へいきんしんちょう》よりかなり低《ひく》かったことになる。その事実《じじつ》は、コナンの推理《すいり》をさらに強《つよ》く裏付《うらづ》けていた。

「目暮警部《めぐれけいぶ》！」

あわてた様子《ようす》で店内《てんない》に走《はし》りこんできたのは、千葉刑事《ちばけいじ》だ。

「ん？　DNA《ディーエヌエー》鑑定《かんてい》の結果《けっか》が出《で》たのかね？」

「あ、いえ、それはまだですが…。検視官《けんしかん》の報告《ほうこく》によると遺体《いたい》の付《つ》け爪《づめ》が1つ足《た》りないようです…」

千葉刑事《ちばけいじ》の報告《ほうこく》によると、車《くるま》のそばで見《み》つかったものも含《ふく》め、二《ふた》つの付《つ》け爪《づめ》が足《た》りないらしい。

「じゃあ、残《のこ》りの1つは車内《しゃない》で外《はず》れて燃《も》え尽《つ》きたか……」

目暮警部《めぐれけいぶ》がそう推測《すいそく》するが、コナンの脳裏《のうり》には、もう一《ひと》つの可能性《かのうせい》が浮《う》かんでいた。

(もしくは……)

コナンは雨《あめ》の止《や》んだ外《そと》へと、駆《か》けだした。

駐車場《ちゅうしゃじょう》で作業《さぎょう》をしている鑑識《かんしき》に、声《こえ》をかける。

「え？　傘《かさ》を見《み》つけた場所《ばしょ》？　そんなの聞《き》いてどうするんだい？」

「小五郎《こごろう》のおじさんが聞《き》いて来《こ》いって…」

と、いつもの言《い》い訳《わけ》を口《くち》にすると、鑑識《かんしき》の男《おとこ》は、あっさりと、傘《かさ》が落《お》ちていた場所《ばしょ》に案《あん》内《ない》してくれた。

「この端《はし》っこの車《くるま》に、こんな感《かん》じで引《ひ》っ掛《か》かっていたけど……」

コナンはかがみこみ、腕時計型《うでどけいがた》ライトで、車《くるま》の下《した》を照《て》らした。

「──って、おいコラ！　ボウズ!!」

鑑識《かんしき》が口《くち》やかましく注意《ちゅうい》してくるが、コナンは気《き》にせず、あたりを観察《かんさつ》した。

(もしも外《はず》れた付《つ》け爪《づめ》が落《お》とした傘《かさ》の内側《うちがわ》に入《はい》って飛《と》ばされたとしたら…恐《おそ》らくこの辺《へん》に…)

車体《しゃたい》の下《した》の狭《せま》いスペースを、ライトで隈《くま》なく照《て》らす。すると、タイヤの陰《かげ》に、反《そ》り返《かえ》った小《ちい》さなピンク色《いろ》の何《なに》かが落《お》ちていることに気《き》がついた。

(あった!! 付《つ》け爪《づめ》!! しかもタイヤと車体《しゃたい》が雨《あま》よけになって…ほとんど汚《よご》れてねぇ…)

コナンは、ひっくり返《かえ》った付《つ》け爪《づめ》にライトの中心《ちゅうしん》を合《あ》わせ、注意深《ちゅういぶか》く観察《かんさつ》した。

(爪《つめ》の先《さき》に付《つ》いてるのは…皮膚《ひふ》と血痕《けっこん》か…)

「ねぇ、この車《くるま》の下《した》、付《つ》け爪《づめ》が落《お》ちてるよ!」

「え?」

コナンに言《い》われ、鑑識《かんしき》の男《おとこ》がかがみこんで、車体《しゃたい》の下《した》を確認《かくにん》する。

「亡《な》くなった女《おんな》の人《ひと》のだから気《き》を付《つ》けて拾《ひろ》って…爪《つめ》の先《さき》に付《つ》いてる物《もの》をよーく調《しら》べてね!」

「あ、ああ…」

コナンは、焼《や》けこげた車《くるま》に背《せ》を向《む》け、光《ひかり》に満《み》ちたレストランへと向《む》き直《なお》った。

ショーウィンドウ越《ご》しに、婚約者《こんやくしゃ》を失《うしな》ったばかりの伴場《ばんば》の姿《すがた》が見《み》える。

（恐《おそ》らく…これではっきりするはず…。誰《だれ》が彼女《かのじょ》の命《いのち》を断《た》ったかが…。そして…オレの推《すい》理《り》通《どお》りなら…白日《はくじつ》の下《もと》に晒《さら》されちまう…。知《し》りたくなかった…悲《かな》しい真実《しんじつ》が…）


「くそっ！　一体何《いったいなに》がどうなってやがんだ!?　くそったれ!!」

いらだちに任《まか》せて、テーブルを殴《なぐ》りつけた伴場《ばんば》は、ついケガをした方《ほう》の右手《みぎて》を使《つか》ってしまい、「痛《いた》た…」と顔《かお》をゆがめた。

「おい、いい加減気《かげんき》を鎮《しず》めろよ、伴場《ばんば》！　今《いま》、お前《まえ》がヤバイ立場《たちば》だっていうのはわかるよな？」

小五郎《こごろう》が言《い》い聞《き》かせるように言《い》う。

「この店《みせ》の外《そと》の駐車場《ちゅうしゃじょう》の車《くるま》の中《なか》で、お前《まえ》と明日結婚《あしたけっこん》するはずだった初音《はつね》さんが焼死《しょうし》し…その車《くるま》のそばに落《お》ちていた付《つ》け爪《づめ》には、犯人《はんにん》の物《もの》と思《おも》われる皮膚《ひふ》が付《つ》いていた…そしてその皮膚《ひふ》のＤＮＡ《ディーエヌエー》は、お前《まえ》のヘアブラシに付《つ》いていた髪《かみ》の毛《け》の毛根《もうこん》のＤＮＡ《ディーエヌエー》とほぼ一致《いっち》…お前《まえ》は犯人《はんにん》とされても仕方《しかた》ない状況《じょうきょう》にいるわけだ…」

改《あらた》めて並《なら》べたてられると、状況《じょうきょう》は相当《そうとう》に、伴場《ばんば》に不利《ふり》だ。

伴場《ばんば》は唇《くちびる》を噛《か》んで、黙《だま》り込《こ》んだ。

「そこでお前《まえ》に尋《たず》ねるが…そのヘアブラシ…誰《だれ》かに使《つか》わせた事《こと》はないか？　ホラ、友人《ゆうじん》がお前《まえ》ん家《ち》に泊《と》まりに来《き》た時《とき》とか…」

「さあな…そんな覚《おぼ》えはねーけど…」

伴場《ばんば》はぶっきらぼうに言《い》うと、うらめしげに安室《あむろ》の方《ほう》を見《み》やった。

「半年前《はんとしまえ》から俺《おれ》と初音《はつね》は一緒《いっしょ》に住《す》んでたからよ…俺《おれ》の留守中《るすちゅう》に初音《はつね》が連《つ》れ込《こ》んだどっかの探偵《たんてい》が使《つか》ったかもしれねぇけどな…」

「た、確《たし》かに僕《ぼく》は彼女《かのじょ》に雇《やと》われた探偵《たんてい》ですけど、家《いえ》に行《い》った事《こと》はありませんよ!?」

安室《あむろ》が苦笑《にがわら》いで答《こた》えるが、伴場《ばんば》はなおも怪《あや》しんだ。

「その探偵《たんてい》っていうのも本当《ほんとう》かどうか怪《あや》しいぜ…。初音《はつね》が死《し》んだ今《いま》、それを説明《せつめい》する奴《やつ》はいなくなったし…。俺《おれ》が雇《やと》った方《ほう》の探偵《たんてい》さんをまいて尾行《びこう》させなかったぐれーの切《き》れ者《もの》なら…家《いえ》に来《き》た時《とき》に、俺《おれ》のヘアブラシから俺《おれ》の髪《かみ》を取《と》り除《のぞ》いて…誰《だれ》か別人《べつじん》の髪《かみ》を仕込《しこ》み、俺《おれ》に罪《つみ》を着《き》せるつもりだったかもしれねーしよ！」

「あ、いや…」

安室《あむろ》は困《こま》りきった様子《ようす》で、形《かたち》のいい眉《まゆ》をひそめた。

「僕《ぼく》にそんなスパイのような真似《まね》は…」

「まあ、それはないよ」

携帯電話《けいたいでんわ》の通話《つうわ》を終《お》えた目暮警部《めぐれけいぶ》が、安室《あむろ》をさえぎって言《い》った。

「たった今《いま》、DNA鑑定《ディーエヌエーかんてい》の結果《けっか》が出《で》て…伴場《ばんば》さんのヘアブラシに付《つ》いていた毛髪《もうはつ》は、伴場《ばんば》さんの髪《かみ》だと断定《だんてい》されたからな…」

「マ、マジかよ!?」

伴場《ばんば》が悲痛《ひつう》に叫《さけ》ぶ。

「…という事《こと》はやはり…彼女《かのじょ》に探偵《たんてい》として雇《やと》われていた僕《ぼく》を、愛人《あいじん》だと勘違《かんちが》いしたあなたが…そこから来《く》る嫉妬心《しっとしん》から殺意《さつい》が芽生《めば》え…彼女《かのじょ》がこの店《みせ》に車《くるま》で戻《もど》って来《く》るのを駐車場《ちゅうしゃじょう》で待《ま》ち伏《ぶ》せ、車《くるま》に押《お》し込《こ》んで、焼殺《しょうさつ》したと考《かんが》えざるを得《え》ませんね…」

安室《あむろ》に断定《だんてい》され、「て、てめェ…」と伴場《ばんば》は歯噛《はが》みした。

「では、署《しょ》まで任意同行《にんいどうこう》して頂《いただ》けますね？」

高木刑事《たかぎけいじ》が、伴場《ばんば》の腕《うで》をつかむ。

「ちょ、ちょっと待《ま》てって!!　毛利《もうり》！　何《なん》とかしてくれよ!!」

「そう言《い》われてもなぁ……」

伴場《ばんば》がすがるように小五郎《こごろう》を見《み》るが、DNA《ディーエヌエー》鑑定《かんてい》の結果《けっか》が出《で》てしまっては、どうしようもない。

高木刑事《たかぎけいじ》に押《お》しきられ、イヤイヤながらに連《つ》れていかれる伴場《ばんば》の様子《ようす》を、安室《あむろ》が意味深《いみしん》な目《め》つきで見《み》つめていた。


プス！

コナンはテーブルの下《した》に入《はい》り込《こ》み、ボックス席《せき》に座《すわ》った小五郎《こごろう》のアゴめがけて、腕時計《うでどけい》型麻酔銃《がたますいじゅう》の針《はり》を飛《と》ばした。

はにゃ……と、小五郎《こごろう》が眠《ねむ》り込《こ》む。

「あ、パトカー少《すこ》し遠《とお》くに停《と》め直《なお》したので、傘《かさ》がないと濡《ぬ》れるかも…」

「また降《ふ》って来《き》たのかよ…。別《べつ》に濡《ぬ》れるぐらい構《かま》わねぇけど…うわっ！　マジでひでぇ雨《あめ》…」

伴場《ばんば》は高木刑事《たかぎけいじ》に連《つ》れられ、今《いま》にも店《みせ》を出《で》るところだ。

コナンは蝶《ちょう》ネクタイ型変声機《がたへんせいき》のダイヤルを、いつもの小五郎《こごろう》の声《こえ》に合《あ》わせ、呼《よ》び止《と》めた。

「いいのか？　伴場《ばんば》！　本当《ほんとう》に…」

「え？」

伴場《ばんば》が、眠《ねむ》っている小五郎《こごろう》の方《ほう》を振《ふ》り返《かえ》る。コナンは変声機《へんせいき》を通《とお》して、なおも伴場《ばんば》に問《と》いかけた。

「『この店《みせ》から出《で》ちまってもいいのか？』って聞《き》いてんだ!!」

「しゃーねぇだろ？　こーなったら警察《けいさつ》で無実《むじつ》なのをわかってもらうしか…」

「そうか…だったらお前《まえ》は…犯人《はんにん》じゃねぇよ!!」

(え？)と、安室《あむろ》が表情《ひょうじょう》を変《か》えた。戸惑《とまど》ったように、急《きゅう》に様子《ようす》を変《か》えた小五郎《こごろう》の顔《かお》を見《み》つめる。目暮警部《めぐれけいぶ》も当惑《とうわく》した様子《ようす》だ。

「おいおい、毛利君《もうりくん》…いくら彼《かれ》が任意同行《にんいどうこう》に従《したが》ったといっても…犯人《はんにん》じゃないという事《こと》にはならないんじゃないのかね？」

「では、思《おも》い出《だ》してください…初音《はつね》さんの車《くるま》が炎上《えんじょう》した時《とき》の状況《じょうきょう》を…」

これまでのヘッポコ具合《ぐあい》がウソのように、冷静《れいせい》な推理《すいり》を披露《ひろう》しはじめた小五郎《こごろう》の様子《ようす》に、安室《あむろ》が探《さぐ》るような視線《しせん》をそそいだ。

「この店《みせ》から駐車場《ちゅうしゃじょう》に出《で》る扉《とびら》は雨《あめ》が降《ふ》っていた為《ため》に鍵《かぎ》が掛《か》けられていて…トイレの窓《まど》からの出入《ではい》りも…その窓《まど》の下《した》の大《おお》きな水《みず》たまりの周《まわ》りに犯人《はんにん》の足跡《あしあと》がなかった事《こと》からありえない。……となると、店《みせ》の正面《しょうめん》の扉《とびら》から出《で》るしかないが…この結婚《けっこん》パーティーの主役《しゅやく》である彼《かれ》が店《みせ》から出《で》て行《い》ったのなら誰《だれ》かが見《み》て覚《おぼ》えているはずですよね？」

小五郎《こごろう》の推理《すいり》を、フッ、と安室《あむろ》が一笑《いっしょう》に付《ふ》す。

「誰《だれ》も見《み》ていないのではなく、気《き》づかなかったと…僕《ぼく》なら推理《すいり》しますけどね…」

「ど、どういう事《こと》かね？」

「トイレで変装《へんそう》したんですよ…あらかじめそれ用《よう》の服《ふく》をトイレの中《なか》に隠《かく》しておいて…例《たと》えばニット帽《ぼう》を被《かぶ》り、丈《たけ》の長《なが》いウインドブレーカーでも着《き》れば誰《だれ》も彼《かれ》だとは気《き》づきませんよ…彼《かれ》はパーティーの最初《さいしょ》に皆《みな》さんの前《まえ》で挨拶《あいさつ》し、変装前《へんそうまえ》の自分《じぶん》の服装《ふくそう》を記憶《きおく》させていますしね…」

「じゃ、じゃあ初音《はつね》の車《くるま》が燃《も》える直前《ちょくぜん》に俺《おれ》が初音《はつね》にかけたあの電話《でんわ》はどうなんだよ⁉　電《でん》話口《わぐち》で初音《はつね》は『サヨナラ』って泣《な》いてたんだぞ⁉」

「本当《ほんとう》に燃《も》える直前《ちょくぜん》にかけていたんですか？」

安室《あむろ》が、挑発的《ちょうはつてき》に目《め》を細《ほそ》めて、伴場《ばんば》を見《み》た。

「なに⁉」

「本当《ほんとう》は、変装《へんそう》をして店《みせ》を出《で》て駐車場《ちゅうしゃじょう》で彼女《かのじょ》を待《ま》ち伏《ぶ》せ…彼女《かのじょ》が車《くるま》から降《お》りた時《とき》に電話《でんわ》をかけたんじゃないんですか？　その電話《でんわ》に気《き》を取《と》られ、背後《はいご》の注意《ちゅうい》が疎《おろそ》かになった彼女《かのじょ》を気絶《きぜつ》させる為《ため》に…そして少々抵抗《しょうしょうていこう》されはしたものの、なんとか彼女《かのじょ》を車《くるま》の中《なか》に押《お》し込《こ》んだあなたは…車《くるま》に火《ひ》をつけた後《あと》、急《いそ》いで店《みせ》に戻《もど》り、トイレで元《もと》の服装《ふくそう》に戻《もど》って…ウエイターである僕《ぼく》にわざと殴《なぐ》りかかってケガをし…彼女《かのじょ》にひっかかれた傷《きず》をごまかしたんだ…」

安室《あむろ》の冷静《れいせい》な推理《すいり》に追《お》い詰《つ》められるように、伴場《ばんば》の顔《かお》からみるみる血《ち》の気《け》が引《ひ》いていった。

「後《あと》はおもむろに彼女《かのじょ》に電話《でんわ》するふりをして、彼女《かのじょ》が遺言《ゆいごん》めいた言葉《ことば》を言《い》っているように周囲《しゅうい》の客《きゃく》に思《おも》わせ…窓《まど》の外《そと》に目《め》をやって炎上《えんじょう》する彼女《かのじょ》の車《くるま》を客達《きゃくたち》に気《き》づかせれば、目《め》の前《まえ》で愛《あい》する女性《じょせい》に自殺《じさつ》された悲劇《ひげき》の男《おとこ》の出来上《できあ》がりというわけですよ…。その時《とき》、丁度《ちょうど》車《くるま》の中《なか》のスプレー缶《かん》が破裂《はれつ》したのはラッキーでしたね…」

「デ、デタラメだ‼　本当《ほんとう》に初音《はつね》は俺《おれ》に電話《でんわ》でサヨナラって…初音《はつね》の電話《でんわ》を調《しら》べてくれよ！　車《くるま》の中《なか》にあったはずだから‼」

伴場《ばんば》の反論《はんろん》に、高木刑事《たかぎけいじ》が表情《ひょうじょう》を曇《くも》らせた。

「黒《くろ》コゲの携帯《けいたい》はありましたけど…たとえデータが復元《ふくげん》できたとしてもどんな会話《かいわ》をしていたかまでは…」

「しかし、その推理《すいり》だと変装《へんそう》に使《つか》った服《ふく》などがトイレから見《み》つかるはずだが？」

目暮警部《めぐれけいぶ》の疑問《ぎもん》に対《たい》しても、安室《あむろ》の答《こた》えはよどみない。

「ハサミやナイフとかで切《き》り刻《きざ》んでトイレに流《なが》したんでしょうね…。ニット帽《ぼう》ならもちろん！　薄《うす》いナイロン製《せい》のウインドブレーカーなら細《こま》かく刻《きざ》めますしね！」

一見隙《いっけんすき》のないように見《み》える安室《あむろ》の推理《すいり》に、「靴《くつ》はどうした？」と水《みず》を差《さ》したのは、小五《こご》郎《ろう》の声《こえ》だった。

「靴《くつ》？」

「靴《くつ》はそう簡単《かんたん》に切《き》り刻《きざ》めねぇぜ？」

「靴《くつ》なんて履《は》き替《か》える必要《ひつよう》ありませんよ！　歩《ある》き続《つづ》けて止《と》まらなければどんな靴《くつ》かなんて判別《はんべつ》できませんし…実際《じっさい》、彼《かれ》の靴《くつ》はどこにでも売《う》ってそうなスニーカーですしね…」

「じゃあ伴場《ばんば》！　脱《ぬ》いで見《み》せてやれ！　お前《まえ》のスニーカーの裏側《うらがわ》を！」

小五郎《こごろう》に言《い》われ、伴場《ばんば》は「え？」と戸惑《とまど》いながらも、かがみこんで靴《くつ》ひもを解《と》きはじめた。

「それはお前《まえ》が…犯人《はんにん》でないという…証拠《しょうこ》だよ!!」

伴場《ばんば》から脱《ぬ》いだ靴《くつ》を受《う》け取《と》った高木刑事《たかぎけいじ》は、目《め》を見張《みは》った。

「靴《くつ》の裏《うら》の溝《みぞ》にクリームのような物《もの》が…」

「あ、それ、チョコレートケーキだと思《おも》います！　伴場《ばんば》さん、床《ゆか》に落《お》ちたケーキ踏《ふ》んでたから…」

伴場《ばんば》に代《か》わり、蘭《らん》が説明《せつめい》した。

「それ、いつ踏《ふ》んだんだね？」

目暮警部《めぐれけいぶ》に問《と》われ、蘭《らん》が「初音《はつね》さんがこの店《みせ》からネイルサロンに出《で》かける前《まえ》です！」と答《こた》えると、高木刑事《たかぎけいじ》がはっとしたように声《こえ》をあげた。

「そ、そうか！　事件当時《じけんとうじ》、雨《あめ》がかなり降《ふ》っていて濡《ぬ》れた路面《ろめん》を歩《ある》いたのなら、こんなクリームほとんど取《と》れちゃってますよ！　彼《かれ》が車《くるま》に火《ひ》をつけて急《いそ》いで店内《てんない》に戻《もど》ったんならなおさらに!!」

「つまり、彼《かれ》は店《みせ》から出《で》ていないという事《こと》か…」

目暮警部《めぐれけいぶ》の言葉《ことば》を、小五郎《こごろう》が「ええ…」と肯定《こうてい》する。

「実《じつ》は最初《さいしょ》、私《わたし》がそれを目《め》にした時《とき》…これは伴場《ばんば》の仕掛《しか》けたフェイクかと思《おも》いました…。

本当《ほんとう》は何《なん》らかの方法《ほうほう》で靴《くつ》を履《は》き替《か》え…探偵《たんてい》である私《わたし》に靴《くつ》の裏《うら》のクリームを見《み》せて店《みせ》から出《で》てない事《こと》を証明《しょうめい》させる気《き》だとね…。だが、そのケーキはこの若《わか》い探偵《たんてい》が落《お》としたが故《ゆえ》に偶然《ぐうぜん》踏《ふ》んだ物《もの》だし…伴場《ばんば》は靴《くつ》の裏《うら》にクリームが付《つ》いている事《こと》を全《まった》く私《わたし》に言《い》い出《だ》さない…」

安室《あむろ》は立《た》ち尽《つ》くし、困惑《こんわく》に瞳《ひとみ》を揺《ゆ》らして、小五郎《こごろう》の推理《すいり》を聞《き》いていた。

「しかもあろう事《こと》か、雨《あめ》の中《なか》、店外《てんがい》へ出《で》てその大切《たいせつ》な証拠《しょうこ》を台無《だいな》しにしようとしている…。だから確信《かくしん》したんですよ…そのクリームはフェイクじゃなく…伴場《ばんば》の無実《むじつ》を証明《しょうめい》する証拠《しょうこ》だとね…」

ずっと疑《うたが》われっ放《ぱな》しだった伴場《ばんば》が、「も、毛利《もうり》……」と涙声《なみだごえ》を絞《しぼ》りだす。

「で、でもDNA《ディーエヌエー》は⁉」

安室《あむろ》が小五郎《こごろう》に詰《つ》め寄《よ》った。

「彼女《かのじょ》の付《つ》け爪《づめ》の先《さき》に彼《かれ》のDNA《ディーエヌエー》とほぼ一致《いっち》した皮膚《ひふ》が付《つ》いていたんですよ？　彼《かれ》がその時《とき》、彼女《かのじょ》のそばにいたって証拠《しょうこ》じゃないですか‼」

「付《つ》け爪《づめ》に付《つ》いてたのが、彼女本人《かのじょほんにん》の皮膚《ひふ》だったたって場合《ばあい》は考《かんが》えねぇのかよ？」

「な、何言《なにい》ってんですか？　さっきも言《い》いましたが、血縁者《けつえんしゃ》でない限《かぎ》り遺伝子情報《ゲノム》のほぼ一致《いっち》はまずありえません！」

安室《あむろ》は断言《だんげん》して続《つづ》けた。

「現在《げんざい》、同《おな》じ型《かた》のＤＮＡ《ディーエヌエー》の別人《べつじん》が現《あらわ》れる確率《かくりつ》は４兆《ちょう》７０００億人《おくにん》に１人《り》とされてますし…だいいち女性《じょせい》には男性《だんせい》だけが持《も》ってるＹ染色体《ワイせんしょくたい》がないからすぐにわかりますよ！」

「問題《もんだい》のその皮膚《ひふ》が雨《あめ》や泥《どろ》で汚染《おせん》され、性別《せいべつ》の部分《ぶぶん》が不明《ふめい》だからほぼっていってるかもしれねぇだろ？」

「…だとしても…そんな２人《り》が偶然《ぐうぜん》、出会《であ》い、たまたま恋《こい》に落《お》ちて結婚《けっこん》しようとしたって言《い》うんですか⁉」

「出会《であ》ったのは偶然《ぐうぜん》かもしれねぇが…惹《ひ》かれ合《あ》ったのは必然《ひつぜん》だったと思《おも》うぜ？」

テーブルの下《した》に身《み》を隠《かく》したコナンは、そこで一度《いちど》言葉《ことば》を切《き》り、ゆっくりと、悲《かな》しい真実《しんじつ》を告《つ》げた。

「双子《ふたご》だったんだからな…」

「ふ…双子《ふたご》⁉」

皆《みな》が言葉《ことば》を失《うしな》う。

コナンは変声機《へんせいき》越《ご》しに、「伴場《ばんば》…お前《まえ》ら言《い》ってたよな？」と問《と》いかけた。

「２人《り》は誕生日《たんじょうび》も血液型《けつえきがた》も同《おな》じで…黙《だま》っていてもお互《たが》いの考《かんが》えてる事《こと》がわかる事《こと》があるっ

て…」

「あ、ああ…でもそれだけで双子《ふたご》だとは…」

「お前《まえ》は知《し》らなかっただろうけど…お前《まえ》と初音《はつね》さんは赤子《あかご》の頃《ころ》…同《おな》じホテル火災《かさい》で助《たす》け出《だ》されて、身元不明《みもとふめい》のまま教会《きょうかい》で育《そだ》てられた2人《り》だったんだよ！」

「なるほど…その火事《かじ》で両親《りょうしん》が焼死《しょうし》し、双子《ふたご》だとわからなかったんですよ！」

納得《なっとく》する高木刑事《たかぎけいじ》に、目暮警部《めぐれけいぶ》が「しかし双子《ふたご》だとDNA《ディーエヌエー》が同《おな》じになるのかね？」と聞《き》く。

「一卵性双生児《いちらんせいそうせいじ》はそうらしいですけど…その場合《ばあい》は男同士《おとこどうし》か女同士《おんなどうし》の双子《ふたご》になるはずだったような…」

「稀《まれ》にあるんですよ…」

静《しず》かな声《こえ》で告《つ》げたのは、安室《あむろ》だった。

「2つに分《わ》かれる前《まえ》の受精卵《じゅせいらん》の染色体《せんしょくたい》がXY《エックスワイ》（男《おとこ》）の場合《ばあい》、多胚化《たはいか》する際《さい》に一方《いっぽう》のY《ワイ》染色《せんしょく》体《たい》が欠落《けつらく》し、XY《エックスワイ》（男《おとこ》）とXO《エックスオー》（女《おんな》）に分《わ》かれ…異性一卵性双生児《いせいいちらんせいそうせいじ》として誕生《たんじょう》する場合《ケース》がね…」

「お、おいおい冗談《じょうだん》だろ？　俺《おれ》と初音《はつね》が双子《ふたご》だなんて…」

「彼女《かのじょ》、身長《しんちょう》いくつだったかわかります？」

「140の後半《こうはん》だって言《い》ってたよ…背《せ》が低《ひく》いの気《き》にしてたし…」

伴場《ばんば》の答《こた》えを聞《き》いて、安室《あむろ》は苦《くる》しげに目《め》を閉《と》じた。

「…だとしたらその可能性《かのうせい》は高《たか》いですね…異性一卵性双生児《いせいいちらんせいそうせいじ》の女性《じょせい》の方《ほう》は、ターナー症候《しょうこう》群《ぐん》で低身長《ていしんちょう》になりやすいですから…」

「で、でもよ…何《なん》で初音《はつね》の付《つ》け爪《づめ》に初音本人《はつねほんにん》の皮膚《ひふ》が付《つ》いていたんだよ!?」

「わからねぇのか、伴場《ばんば》…」

コナンが伴場《ばんば》に問《と》いかける。

「この若《わか》い探偵《たんてい》にお前《まえ》と自分《じぶん》が同《おな》じ火事《かじ》で助《たす》け出《だ》された事《こと》を聞《き》かされ、『後《あと》は自分《じぶん》で調《しら》べる』と彼女《かのじょ》が言《い》ってたんなら…その調《しら》べる内容《ないよう》は…自分達《じぶんたち》が双子《ふたご》かどうか明確《めいかく》になるDN《ディーエヌ》A《エー》鑑定《かんてい》以外考《いがいかんが》えられねぇ…恐《おそ》らく彼女《かのじょ》はネイルサロンからここへ戻《もど》り、車《くるま》を降《お》りたその時《とき》に…鑑定《かんてい》を依頼《いらい》していた業者《ぎょうしゃ》からの電話《でんわ》が鳴《な》り、その結果《けっか》を聞《き》かされちまったんだよ…。お前《まえ》と初音《はつね》さんは結婚《けっこん》する事《こと》を許《ゆる》されない…血《ち》のつながった双子《ふたご》だって事《こと》をな…」

「そ、そんな…そんな…」

声《こえ》を震《ふる》わせる伴場《ばんば》に、コナンはなおも、辛《つら》い真実《しんじつ》を告《つ》げた。

「付《つ》け爪《づめ》に彼女《かのじょ》の皮膚《ひふ》が付着《ふちゃく》していたのは恐《おそ》らく…その結果《けっか》に愕然《がくぜん》とし…付《つ》け爪《づめ》が外《はず》れる程顔《ほどかお》をかきむしり泣《な》きじゃくった為《ため》…その時《とき》、彼女《かのじょ》が落《お》とした傘《かさ》の内側《うちがわ》に入《はい》って風《かぜ》で飛《と》ばされたもう一《ひと》つの付《つ》け爪《づめ》を今《いま》、調《しら》べてもらっているから…その結果《けっか》が出《で》ればはっきりと…」

ピリリ、ピリリと、タイミングよく目暮警部《めぐれけいぶ》の携帯電話《けいたいでんわ》が鳴《な》った。

「はい、目暮《めぐれ》…。ウムウム…。そうか…わかった…」

暗《くら》い表情《ひょうじょう》で電話《でんわ》を切《き》った目暮警部《めぐれけいぶ》に、高木刑事《たかぎけいじ》が聞《き》く。

「で、出《で》たんですか？　もう一《ひと》つの付《つ》け爪《づめ》の調査結果《ちょうさけっか》！」

「あぁ…そっちの爪《つめ》には血液《けつえき》も付着《ふちゃく》していた上《うえ》に、ほとんど汚染《おせん》されてなく…伴場《ばんば》さんのDNA《ディーエヌエー》とピッタリ一致《いっち》したそうだ…性別《せいべつ》を示《しめ》す部分以外《ぶぶんいがい》はな…」

決定的《けっていてき》な事実《じじつ》の判明《はんめい》に、伴場《ばんば》の表情《ひょうじょう》が固《かた》まる。

「彼女《かのじょ》の遺体《いたい》からかろうじて取《と》れたDNA《ディーエヌエー》とも一致《いっち》したそうだから、付《つ》け爪《づめ》に付《つ》いていた皮膚《ひふ》は彼女《かのじょ》の物《もの》と断定《だんてい》されたよ…」

「じゃあやはり、彼女《かのじょ》は自殺《じさつ》を…」

「そうとしか考《かんが》えられんが…その業者《ぎょうしゃ》も間《ま》の悪《わる》い時《とき》に電話《でんわ》したもんだな…」

「多分《たぶん》2人《り》が明日《あした》結婚《けっこん》すると聞《き》かされていて、早《はや》く知《し》らせたかったんですよ…取《と》り返《かえ》しがつかなくなる前《まえ》に…」

目暮警部《めぐれけいぶ》と高木刑事《たかぎけいじ》の会話《かいわ》は、もはや伴場《ばんば》の耳《みみ》には入《はい》っていないようだった。

伴場《ばんば》はわなわなと震《ふる》える手《て》で頭《あたま》を抱《かか》え、がっくりと膝《ひざ》をついた。

「初音《はつね》…初音《はつね》…初音《はつね》ェ〜!!」

伴場《ばんば》の絶叫《ぜっきょう》が雨音《あまおと》を切《き》り裂《さ》き木霊《こだま》した…。

彼女《かのじょ》がなぜ焼身自殺《しょうしんじさつ》を選《えら》んだかは定《さだ》かではないが…もしかしたら彼女《かのじょ》はやり直《なお》すために戻《もど》りたかったのかもしれない…。

二人《ふたり》をこんな運命《うんめい》に導《みちび》いたあの炎《ほのお》の中《なか》へ……。


なんとも後味《あとあじ》の悪《わる》い事件《じけん》から、数日後《すうじつご》。

毛利探偵事務所《もうりたんていじむしょ》の入《はい》っている雑居《ざっきょ》ビルの1階《かい》にある、喫茶《きっさ》ポアロ。そこへ食事《しょくじ》にやって来《き》た小五郎《こごろう》、蘭《らん》、そしてコナンを出迎《でむか》えたのは、あの安室透《あむろとおる》だった。

アイスブルーのエプロンを着《つ》けた姿《すがた》は、いかにもさわやかな好青年《こうせいねん》だ。なんと、この喫《きっ》茶店《さてん》で、アルバイトを始《はじ》めたらしい。そればかりか、小五郎《こごろう》に、弟子《でし》にしてくれと頼《たの》みこんできた。

「何《なに》ィ⁉ 弟子《でし》にしてくれだと⁉ この毛利小五郎《もうりこごろう》のかよ⁉」

突然《とつぜん》の安室《あむろ》の申《もう》し出《で》に、小五郎《こごろう》はすっとんきょうな声《こえ》をあげた。

「はい、もちろん！ 先日《せんじつ》の毛利《もうり》さんの名推理《めいすいり》に自分《じぶん》の未熟《みじゅく》さを痛感《つうかん》しまして一《いち》から出直《でなお》しを…ですからこうやって毛利《もうり》さんのおそばでバイトして…毛利《もうり》さんがかかわる事件《じけん》に同行《こう》させてもらおうと…」

「だがなぁ…俺《おれ》は弟子《でし》なんて取《と》らねぇ主義《しゅぎ》で…」

眉《まゆ》をひそめた小五郎《こごろう》に、安室《あむろ》がすかさず耳打《みみう》ちする。

「授業料《じゅぎょうりょう》として事件《じけん》1つにつき…〜〜〜ほどお支払《しはら》いするつもりですけど…」

「マ、マジで⁉」

金額《きんがく》を聞《き》いたとたんに、小五郎《こごろう》の顔《かお》が輝《かがや》いた。

「採用《さいよう》〜!! 私《わたし》の事《こと》は先生《せんせい》と呼《よ》びなさい　安室君《あむろくん》！」

「はい、毛利先生《もうりせんせい》!!」

（また面倒臭《めんどうくさ》い奴《やつ》が…）

無邪気《むじゃき》な笑顔《えがお》で敬礼《けいれい》をする安室透《あむろとおる》の姿《すがた》に、イヤな予感《よかん》を抱《いだ》かずにはいられない、江戸川《えどがわ》コナンだった。

漆黒《しっこく》の特《とっ》急《きゅう》ミステリートレイン

DETECTIVE
CONAN

TŌRU AMURO SELECTIO

×××

喫茶《きっさ》ポアロでアルバイトを始《はじ》めた謎《なぞ》の探偵《たんてい》・安室透《あむろとおる》は、巧妙《こうみょう》に小五郎《こごろう》をおだて、ときにはポアロのサンドウィッチを差《さ》し入《い》れたりして、さりげなく毛利探偵事務所《もうりたんていじむしょ》になじんでいった。

安室《あむろ》の洞察力《どうさつりょく》は、明《あき》らかに小五郎《こごろう》より上《うえ》だ。毛利探偵事務所《もうりたんていじむしょ》で遺体《いたい》が見《み》つかった事件《じけん》では、さりげなく小五郎《こごろう》にヒントを与《あた》えて誘導《ゆうどう》し、事件《じけん》を解決《かいけつ》に導《みちび》いた。

さらに、コナンが犯人《はんにん》に車《くるま》で連《つ》れ去《さ》られた時《とき》には、傑出《けっしゅつ》した運転技術《うんてんぎじゅつ》で犯人《はんにん》の車《くるま》の前《まえ》に自分《じぶん》の車《くるま》を滑《すべ》り込《こ》ませ、一人《ひとり》のケガ人《にん》も出《だ》すことなく強引《ごういん》に停車《ていしゃ》させてみせた。

行動範囲《こうどうはんい》も広《ひろ》いようで、とある事件《じけん》の事情聴取《じじょうちょうしゅ》を受《う》けるためにやってきたコナンら少年《しょうねん》探偵団《たんていだん》と、警視庁《けいしちょう》の前《まえ》で遭遇《そうぐう》したこともある。

その有能《ゆうのう》さから察《さっ》するに、安室透《あむろとおる》がただ者《もの》ではないことは明《あき》らかだ。

しかし、その正体《しょうたい》は、コナンでさえつかみかねていた。

×××

そして――とある週末《しゅうまつ》。

江戸川《えどがわ》コナンは、少年探偵団《しょうねんたんていだん》のメンバーと阿笠博士《あがさはかせ》、そして蘭《らん》と、蘭《らん》の親友《しんゆう》の鈴木園子《すずきそのこ》とともに、東京駅《とうきょうえき》へとやって来《き》た。

「わぁ～!! すっごーい♡ 歩美《あゆみ》、蒸気機関車《じょうききかんしゃ》って初《はじ》めて見《み》る～!!」

「オレもー!!」

「大迫力《だいはくりょく》ですー!!」

駅《えき》のホームへ滑《すべ》り込《こ》んできたSL《エスエル》を見上《みあ》げ、吉田歩美《よしだあゆみ》と小嶋元太《こじまげんた》、そして円谷光彦《つぶらやみつひこ》が、口々《くちぐち》に歓声《かんせい》をあげる。しかし、SL《エスエル》なのは見《み》かけだけで、中身《なかみ》は最新鋭《さいしんえい》のディーゼル機関《きかん》車《しゃ》らしい。客車《きゃくしゃ》はすべて完全個室《かんぜんこしつ》の豪華列車《ごうかれっしゃ》、ベルツリー急行《きゅうこう》だ。

今日《きょう》、この列車《れっしゃ》を舞台《ぶたい》とした、推理《すいり》クイズのイベントが行《おこな》われる。コナンたちは、そのイベントに参加《さんか》すべく、やって来《き》たのだった。

はしゃぐ子供《こども》たちの後《うし》ろで、灰原哀《はいばらあい》は顔《かお》にマスクをつけ、時折《ときおり》ゴホゴホと咳《せき》こんでいた。この間《あいだ》、コナンからうつされた風邪《かぜ》が、まだ治《なお》っていないらしい。

「ガキンチョ共《ども》！」

鈴木園子《すずきそのこ》が、腰《こし》に手《て》をあて、少年探偵団《しょうねんたんていだん》たちの顔《かお》を威勢《いせい》よく見回《みまわ》した。

「ベルツリー急行《きゅうこう》のオーナーである鈴木財閥《すずきざいばつ》に感謝《かんしゃ》しなさいよ!! 特別《とくべつ》に席《せき》を取《と》ってあげたんだから!!」

「ほーい!!」

子供《こども》たちが、声《こえ》をそろえて元気《げんき》よく返事《へんじ》をする。

「まぁ、ウチらの席《せき》はあんたらと違《ちが》ってピッカピカの一等車《いっとうしゃ》だけどねー♡」

「そーいえば、その一等車《いっとうしゃ》だよね？ 来月《らいげつ》、怪盗《かいとう》キッドが狙《ねら》うって予告《よこく》したの…」

蘭《らん》の言葉《ことば》に、園子《そのこ》は「そうなのよー！」と勢《いきお》いよく振《ふ》り返《かえ》った。その瞳《ひとみ》には、ときめきがあふれている。

「いつもはこの列車《れっしゃ》、年《ねん》に一回《いっかい》しか運行《うんこう》しないんだけど…次郎吉《じろきち》おじ様《さま》が来月《らいげつ》、特別《とくべつ》に走《はし》らせて、なんとかって宝石《ほうせき》を一等車《いっとうしゃ》に展示《てんじ》するって発表《はっぴょう》したら…キッド様《さま》、のってきちゃってさー…。だから今回《こんかい》、一足先《ひとあしさき》に乗《の》って彼《かれ》への愛《あい》を込《こ》めた手紙《てがみ》を車内《しゃない》に隠《かく》してこようと思《おも》うんだけど、どうかしらん♪」

「そんな手紙《てがみ》、キッド、盗《と》るヒマないと思《おも》うけど…」

すっかり目《め》をハートにしている園子《そのこ》に、蘭《らん》はあきれ返《かえ》っている。

と、その時《とき》、そんな二人《ふたり》の会話《かいわ》に誰《だれ》かが横《よこ》やりを入《い》れた。

「ボクはそんな泥棒《どろぼう》よりも…毎回《まいかい》、車内《しゃない》でやってるっていう推理《すいり》クイズの方《ほう》が気《き》になるけどな！」

声《こえ》のした方《ほう》を見《み》た蘭《らん》と園子《そのこ》は、目《め》を丸《まる》くした。世良真純《せらますみ》が立《た》っていたのだ。

世良《せら》は、帝丹高校《ていたんこうこう》に通《かよ》う高校生探偵《こうこうせいたんてい》で、蘭《らん》と園子《そのこ》のクラスメイト。自分《じぶん》のことをボクと呼《よ》ぶのに加《くわ》え、外見《がいけん》も性格《せいかく》もボーイッシュなので男《おとこ》の子《こ》だと思《おも》われがちだが、れっきとした女子高生《じょしこうせい》だ。

「せ、世良《せら》さん？」

「どうして？」

「ボクは探偵《たんてい》！　乗《の》るのは当然《とうぜん》……」

胸《むね》を張《は》った世良《せら》は、ふと気《き》がついて、不思議《ふしぎ》そうに蘭《らん》に聞《き》いた。

「――って、君《きみ》のパパは一緒《いっしょ》じゃないのか？」

「あれ？　さっきまでいたのに…」

小五郎《こごろう》の姿《すがた》を探《さが》し、蘭《らん》がきょろきょろとあたりを見回《みまわ》す。

初対面《しょたいめん》の世良《せら》を警戒《けいかい》しているのか、灰原《はいばら》はパーカーのフードを深々《ふかぶか》と被《かぶ》って顔《かお》を隠《かく》してしまった。

ベルツリー急行《きゅうこう》には、続々《ぞくぞく》と、乗客《じょうきゃく》が乗《の》り込《こ》んでいた。

「これはこれは安東様《あんどうさま》…お荷物《にもつ》お持《も》ちしましょうか？」

車掌《しゃしょう》にていねいに迎《むか》えられたのは、安東諭《あんどうさとる》、四十一歳《よんじゅういっさい》。鼻《はな》の下《した》にちょびひげをたくわえた、神経質《しんけいしつ》そうな眼鏡《めがね》の男《おとこ》だ。

「お構《かま》いなく…結構重《けっこうおも》いですから…。まぁ重《おも》いのは純金《じゅんきん》の額縁《がくぶち》だけで、絵《え》の方《ほう》は贋作《がんさく》でしたけどね…。鑑定《かんてい》が済《す》んだので名古屋《なごや》にいるクライアントに返《かえ》しに行《い》くんですよ…」

「おや？　これは行《ゆ》き先不明《さきふめい》のミステリートレイン…どうして名古屋《なごや》に行《い》くと？」

白々《しらじら》しくすっとぼけてみせる車掌《しゃしょう》に、「おいおい…」と、能登泰策《のとたいさく》が横《よこ》やりを入《い》れた。

五十二歳《ごじゅうにさい》の大柄《おおがら》な男《おとこ》で、背《せ》には細長《ほそなが》い形《かたち》のバッグを背負《せお》っている。

「車掌《しゃしょう》さん…何年《なんねん》、我々《われわれ》と顔《かお》を突《つ》き合《あ》わせているんだね？」

「そんなの今日《きょう》どの列車《れっしゃ》に運転時刻《うんてんじこく》の変更《へんこう》があるかを調《しら》べれば察《さっ》しはつくんじゃなくて？」

能登《のと》に続《つづ》いて口《くち》をはさんできたのは、出波茉莉《いでなみまり》。どことなくキツネを思《おも》わせる細面《ほそおもて》の女《おんな》で、三十三歳《さんじゅうさんさい》。

「我々《われわれ》の知的興奮《ちてきこうふん》の矛先《ほこさき》は…車中《しゃちゅう》で生《しょう》ずるミステリーのみ…」

そう言《い》いながら車《くるま》イスに乗《の》って姿《すがた》を現《あらわ》したのは、小蓑夏江《こみのなつえ》だ。七十五歳《ななじゅうごさい》のおばあさんで、帽子《ぼうし》から垂《た》れ下《さ》がった黒《くろ》いベールで顔《かお》の半分《はんぶん》以上《いじょう》を隠《かく》している。

「ですわよね？ 住友《すみとも》さん…」

小蓑《こみの》は、車《くるま》イスを押《お》すメイドの住友昼花《すみともひるか》の方《ほう》を振《ふ》り返《かえ》った。

「はい奥様《おくさま》…」

と、住友《すみとも》がうなずく。住友《すみとも》は三十七歳《さんじゅうななさい》で、四角《しかく》い顔《かお》をした大柄《おおがら》な女性《じょせい》だ。

安東諭《あんどうさとる》、能登泰策《のとたいさく》、出波茉莉《いでなみまり》、小蓑夏江《こみのなつえ》、住友昼花《すみともひるか》。五人全員《ごにんぜんいん》、一等車《いっとうしゃ》である8号車《ごうしゃ》の客《きゃく》で、毎年《まいとし》このミステリートレインに乗車《じょうしゃ》する常連客《じょうれんきゃく》だった。

「さすがミステリー通《つう》の皆様《みなさま》…おみそれしました！」

気《き》を使《つか》ったようにお世辞《せじ》を口《くち》にする車掌《しゃしょう》に「おい!!」と室橋悦人《むろばしえつと》が声《こえ》をかけた。

「どーなってんだ⁉ 俺《おれ》は確《たし》かに一等車《いっとうしゃ》であるこの8号車《ごうしゃ》のいつもの部屋《へや》を予約《よやく》したのに…何《なん》で7号車《ごうしゃ》に変《か》わってんだよ⁉」

室橋悦人《むろばしえつと》は三十九歳《さんじゅうきゅうさい》。でっぷりとした体格《たいかく》の男性《だんせい》で、彼《かれ》も常連客《じょうれんきゃく》だ。

予約《よやく》した部屋《へや》と違《ちが》うと怒《おこ》る室橋《むろばし》に、車掌《しゃしょう》が控《ひか》えめに応対《おうたい》する。

「ああ…それでしたら事前《じぜん》に連絡《れんらく》を差《さ》し上《あ》げたはずですが…こちらの不手際《ふてぎわ》でダブルブッキングしてしまい、お客様《きゃくさま》の部屋《へや》を変更《へんこう》すると…」

「あのメール、マジだったのか!?」

本気《ほんき》にしていなかったらしい室橋《むろばし》は、目《め》をむいて叫《さけ》んだ。

「まぁ、お客様《きゃくさま》の7号車《ごうしゃ》も8号車《ごうしゃ》に引《ひ》けを取《と》らないいい部屋《へや》なので…」

「あの部屋《へや》はお気《き》に入《い》りで…発売直後《はつばいちょくご》に毎年予約《まいとしよやく》してたっていうのに…」

室橋《むろばし》は悔《くや》しげに唇《くちびる》を噛《か》むと、顔《かお》を跳《は》ね上《あ》げて、がなりたてた。

「どこのどいつだ!?　割《わ》り込《こ》んで来《き》やがったのは!?」

「ここのコイツですよ…」

気取《きど》った口調《くちょう》で答《こた》えたのは、毛利小五郎《もうりこごろう》だった。「え?」と、室橋《むろばし》が振《ふ》り返《かえ》る。

「いやぁ、すみませんねぇ…ウチの娘《むすめ》がこの列車《れっしゃ》のオーナーの友人《ゆうじん》でして…」

そう言《い》うと、小五郎《こごろう》は、芝居《しばい》がかった仕草《しぐさ》で煙草《たばこ》に火《ひ》をつけた。

「まぁ、私《わたし》が乗《の》るからにはご安心《あんしん》あれ…この列車内《れっしゃない》でいかなる事件《じけん》が起《お》きようと…この名《めい》探偵毛利《たんていもうり》ポア郎《ろう》が…立《た》ち所《どころ》に解《と》き明《あ》かして御覧《ごらん》に入《い》れますから♡」

名探偵《めいたんてい》——小五郎《こごろう》がそう口《くち》にした瞬間《しゅんかん》、乗客《じょうきゃく》たちの間《あいだ》に、ピシリと緊張《きんちょう》が走《はし》った。

「ちょっとお父《とう》さん！　何《なに》やってんのよ〜!?」

蘭《らん》が見《み》とがめて、コナンとともに駆《か》けてくる。

「8号車《ごうしゃ》で一緒《いっしょ》になる皆《みな》さんに挨拶《あいさつ》を…」

「——ってここ禁煙《きんえん》だし、何《なん》なのよ？　ポア郎《ろう》って!!　お父《とう》さんは毛利小五郎《もうりこごろう》でしょ？」

蘭《らん》はあきれ返《かえ》って、小五郎《こごろう》が口《くち》にくわえた煙草《たばこ》をむしり取《と》った。

「ホーラ！　6号車《ごうしゃ》の前《まえ》で探偵団《たんていだん》の子供達《こどもたち》待《ま》ってるよ！　出発前《しゅっぱつまえ》にみんなで写真《しゃしん》撮《と》ろうって！」

蘭《らん》にぐいぐいと背中《せなか》を押《お》され、小五郎《こごろう》が去《さ》っていく。

コナンは、残《のこ》された乗客《じょうきゃく》たちの間《あいだ》に漂《ただよ》う不穏《ふおん》な空気《くうき》を、鋭敏《えいびん》に感《かん》じ取《と》っていた。

(何《なん》だ…？　何《なん》なんだ、このピリピリした空気《くうき》…おっちゃんが探偵《たんてい》だと知《し》ったからか？

それとも…)


満員《まんいん》の客《きゃく》を乗《の》せ、ベルツリー急行《きゅうこう》は快調《かいちょう》に走《はし》り出《だ》した。

途中《とちゅう》の駅《えき》をすべて飛《と》ばし、終着駅《しゅうちゃくえき》までほぼノンストップで走《はし》るという。

どこが終点《しゅうてん》かは〝謎《なぞ》〟ということになっている。が、常連客《じょうれんきゃく》たちが言《い》っていた通《とお》り、ネットで運行状況《うんこうじょうきょう》を調《しら》べれば、終着駅《しゅうちゃくえき》が名古屋《なごや》であることは推察《すいさつ》できた。

それよりも、コナンが気《き》になっているのは、もう一《ひと》つのミステリー。この列車《れっしゃ》の走行中《そうこうちゅう》に出《だ》されることになっている、推理《すいり》クイズの方《ほう》だ。噂《うわさ》では、乗客《じょうきゃく》の中《なか》からランダムで犯人《はんにん》役《やく》と被害者役《ひがいしゃやく》が選《えら》ばれ、他《ほか》の乗客全員《じょうきゃくぜんいん》が探偵役《たんていやく》となって、終着駅《しゅうちゃくえき》に着《つ》くまでに犯人《はんにん》を割《わ》り出《だ》す、という趣向《しゅこう》らしい。

少年探偵団《しょうねんたんていだん》の面々《めんめん》と阿笠博士《あがさはかせ》が、6号車《ごうしゃ》の自分《じぶん》たちの客室《きゃくしつ》で推理《すいり》クイズが始《はじ》まるのを待《ま》っていると、コンコンと誰《だれ》かがドアをノックした。

「はい！　何《なん》でしょう？」

ドアを開《あ》けた阿笠博士《あがさはかせ》は「おや？」と首《くび》をかしげた。誰《だれ》もいない。そして床《ゆか》の上《うえ》には、手紙《てがみ》が一通《いっつう》落《お》ちていた。

コナンが拾《ひろ》って、読《よ》み上《あ》げる。

「『おめでとう、あなたは探偵役《たんていやく》に選《えら》ばれました！　10分後《ぷんご》、7号車《ごうしゃ》のB室《ビーしつ》で事件《じけん》が発生《はっせい》しますので…捜査《そうさ》を開始《かいし》されたし』…」

(乗客全員《じょうきゃくぜんいん》が探偵《たんてい》じゃねーのかよ？)

手紙《てがみ》の文面《ぶんめん》が気《き》になったものの、コナンたちは指示通《しじどお》り、7号車《ごうしゃ》のB室《ビーしつ》に向《む》かうことにした。

ドアプレートの表示《ひょうじ》を確認《かくにん》してから、コナンはコンコンとノックして、ドアを開《あ》けた。

「あのー…失礼《しつれい》しまー…」

「わ、バカ!! 入《はい》るな!!」

部屋《へや》の中《なか》で焦《あせ》った声《こえ》をあげたのは、小太《こぶと》りの常連客《じょうれんきゃく》、室橋《むろばし》だ。

パシュ！ パシュ！

くぐもった音《おと》とともに、室橋《むろばし》の両肩《りょうかた》から血《ち》しぶきが上《あ》がった。

「え？」

コナンが開《あ》けかけたドアの陰《かげ》に、手袋《てぶくろ》をつけた手《て》で銃《じゅう》を握《にぎ》った男《おとこ》が立《た》っている。フードを被《かぶ》り、マスクをしているので顔《かお》はわからない。男《おとこ》は銃《じゅう》を持《も》ったまま、ダッとその場《ば》から走《はし》り去《さ》った。

「スゲー、本物《ほんもの》みてーじゃん!!」

と、元太《げんた》がはしゃいだ声《こえ》をあげる。

すでに推理《すいり》クイズは始《はじ》まっているらしい。

現場《げんば》から逃《に》げ去《さ》る男《おとこ》を、コナンたちは走《はし》って追《お》いかけた。しかし、車両《しゃりょう》を移動《いどう》したところで見失《みうしな》ってしまった。

「個室《こしつ》ばっかりだから部屋《へや》に入《はい》られたらわかりませんね…」

同《おな》じ扉《とびら》がずらりと並《なら》んだ廊下《ろうか》を見《み》つめ、光彦《みつひこ》が困《こま》り果《は》ててつぶやく。

通路《つうろ》で立《た》ち往生《おうじょう》した少年探偵団《しょうねんたんていだん》に、車掌《しゃしょう》が声《こえ》をかけた。

「君達《きみたち》はこの列車《れっしゃ》は初《はじ》めてかい？　だったら部屋《へや》にいた方《ほう》がいい…室内《しつない》のスピーカーから今回《こんかい》の推理《すいり》クイズが発表《はっぴょう》されるから…」

「え？　まだ事件《じけん》、何《なに》も起《お》きてないの？」

コナンが聞《き》き返《かえ》すと、車掌《しゃしょう》は「ああ…」とうなずいて、腕時計《うでどけい》に視線《しせん》を落《お》とした。

「今回《こんかい》はあと1時間後《じかんご》だったかな？」

(じゃあ、さっきのはまさか…)

芝居《しばい》ではなかったのだろうか……？

はっとして駆《か》け出《だ》したコナンの後《あと》を、元太《げんた》たちがあわてて追《お》いかける。

「哀《あい》ちゃん、行《い》くよ！」

歩美《あゆみ》に手《て》を引《ひ》かれ、「はいはい…」とゆっくり走《はし》り出《だ》しかけた灰原《はいばら》は、ふいに背後《はいご》から冷《つめ》たい気配《けはい》を感《かん》じて足《あし》を止《と》めた。

振《ふ》り返《かえ》ると、全身黒《ぜんしんくろ》ずくめの長身《ちょうしん》の男《おとこ》が、部屋《へや》から出《で》てくるところだ。

男《おとこ》の横顔《よこがお》には、右《みぎ》のこめかみからアゴにかけて、大《おお》きな火傷痕《やけどあと》があった。つば広《ひろ》のハットに隠《かく》れて、目元《めもと》はわからない。

その男《おとこ》がまとう気配《けはい》は、黒《くろ》ずくめの組織《そしき》に関《かか》わりのある人間《にんげん》のものに、よく似《に》ていた。

心臓《しんぞう》を凍《こお》りつかせるような冷《つめ》たい感覚《かんかく》が、灰原《はいばら》をおそう。

——ドックン、ドックン。

動悸《どうき》がのどもとまで込《こ》み上《あ》げてきて、灰原《はいばら》はその場《ば》に立《た》ち尽《つ》くした。

（まさか…まさか…）

コナンは、先《さき》ほど事件《じけん》を目撃《もくげき》した、7号車B室《ごうしゃビーしつ》へと急《いそ》いでいた。

まだ推理《すいり》クイズが始《はじ》まっていないということは、さっき見《み》たあの銃撃《じゅうげき》シーンは、芝居《しばい》ではなかったのだろうか。

最悪《さいあく》の可能性《かのうせい》を頭《あたま》に浮《う》かべつつ、ドアを勢《いきお》いよく開《ひら》く。

「え？」

部屋《へや》の中《なか》では、蘭《らん》と園子《そのこ》、そして世良《せら》が、お茶《ちゃ》をしていた。世良《せら》は手《て》に、はがきのような白《しろ》いカードを持《も》っている。

「あら、コナン君《くん》…」

「レディの部屋《へや》に入《はい》る時《とき》はノックぐらいしなさいよ!!」

園子《そのこ》ににらまれ、コナンはあわてて聞《き》き返《かえ》した。

「あ、いや…ここって7号車《ごうしゃ》だよね？」

「はあ？」

「ここは8号車《ごうしゃ》！　たった今《いま》、ボクが遊《あそ》びに来《き》た所《ところ》さ！」

世良《せら》が明《あか》るく答《こた》える。

少年探偵団《しょうねんたんていだん》たちは、すごすごと部屋《へや》を後《あと》にした。

車両《しゃりょう》を数《かぞ》え間違《まちが》えた気《き》はしなかったのだが、いつの間《ま》に間違《まちが》えてしまったのだろうか。

首《くび》をひねりつつ、8号車《ごうしゃ》から一《ひと》つ後《うし》ろの車両《しゃりょう》に戻《もど》ると、『D《ディー》』のプレートがついた扉《とびら》の部屋《へや》から阿笠博士《あがさはかせ》が顔《かお》を出《だ》した。

「おお！　どうじゃった？　推理《すいり》クイズの方《ほう》は？」

「え？　は、博士《はかせ》…その部屋《へや》って6号車《ごうしゃ》のオレらがいた部屋《へや》か⁉」

「ああ…」

阿笠《あがさ》はドアを大《おお》きく開《ひら》くと、部屋《へや》の中《なか》を目《め》で指《さ》した。

「ホラ、君《きみ》らがさっきまで食《た》べてた菓子《かし》もそのままじゃ！」

確《たし》かに、座席《ざせき》の上《うえ》には、ポテトチップスの袋《ふくろ》やジュースの空《あ》き容器《ようき》などが、そのまま置《お》いてある。

コナンは呆然《ぼうぜん》と立《た》ち尽《つ》くした。

おかしい。8号車《ごうしゃ》から車両《しゃりょう》を一《ひと》つ移動《いどう》しただけなのに、6号車《ごうしゃ》に来《き》てしまったということになる。

（7号車《ごうしゃ》が…7号車《ごうしゃ》が走行中《そうこうちゅう》に…消《き》えただと⁉）


コナンたちは部屋《へや》を出《で》て、6号車《ごうしゃ》の車掌《しゃしょう》に、事態《じたい》を報告《ほうこく》した。

各車両《かくしゃりょう》の車掌《しゃしょう》は、廊下《ろうか》の一番後《いちばんうし》ろでイスに座《すわ》って待機《たいき》している。

「な、7号車《ごうしゃ》が消《き》えた⁉　ハハ…そんなバカな…」

6号車《ごうしゃ》の車掌《しゃしょう》は、子供《こども》の言《い》うことを本気《ほんき》で取《と》り合《あ》ってはくれなかった。

「ホントにホントだもん!!」

と、歩美《あゆみ》が言《い》い張《は》る。元太《げんた》も必死《ひっし》に説明《せつめい》した。

「さっき7号車《ごうしゃ》でよ、拳銃《けんじゅう》で撃《う》たれたおっさんがいて…その部屋《へや》から撃《う》った犯人《はんにん》が飛《と》び出《だ》して来《き》たから、追《お》っかけたんだけど、見失《みうしな》っちまってよ…」

「撃《う》たれたお客《きゃく》さんがいる7号車《ごうしゃ》に戻《もど》ってみたら、8号車《ごうしゃ》だったんです!!」

真剣《しんけん》な子供《こども》たちに、車掌《しゃしょう》はあきれたように返《かえ》した。

「け、拳銃《けんじゅう》って…だったらなぜすぐに我々車掌《われわれしゃしょう》にそれを話《はな》さなかったんだい?」

「その時《とき》は推理《すいり》クイズだと思《おも》ってたんだよ!」

コナンは必死《ひっし》の剣幕《けんまく》で、車掌《しゃしょう》に詰《つ》め寄《よ》った。

「とにかく確認《かくにん》してくれよ!! 7号車《ごうしゃ》が消《き》えちまったんだ!! 撃《う》たれた客《きゃく》と一緒《いっしょ》にな!!」

「じゃあ車両《しゃりょう》ごとに乗《の》っている車掌《しゃしょう》に聞《き》いてみるといい…まあ君達《きみたち》の勘違《かんちが》いだよ…この列《れっ》車《しゃ》、オーナーの意向《いこう》で車両番号《しゃりょうばんごう》を車内《しゃない》に表示《ひょうじ》していないし…」

「意向《いこう》?」

「ミステリー色《しょく》を強《つよ》める為《ため》らしいよ…お陰《かげ》で部屋《へや》の場所《ばしょ》がわからなくなる客《きゃく》が多《おお》くて我々《われわれ》

車掌《しゃしょう》は大変《たいへん》だけどね…」

リンリン、と客室《きゃくしつ》の呼《よ》び鈴《りん》が鳴《な》る。

車掌《しゃしょう》は立《た》ち上《あ》がり、ドアの上部《じょうぶ》に備《そな》え付《つ》けられたランプが点灯《てんとう》している客室《きゃくしつ》の扉《とびら》をノックした。呼《よ》び鈴《りん》を鳴《な》らした部屋《へや》はランプが点灯《てんとう》する仕組《しく》みになっているらしい。

「それより今《いま》は、消《き》えた7号車《ごうしゃ》だ‼　確認《かくにん》に行《い》くぞ‼」

コナンに促《うなが》され、元太《げんた》と光彦《みつひこ》たちは、「オウ‼」と7号車《ごうしゃ》に向《む》かって走《はし》り出《だ》した。

浮《う》かない表情《ひょうじょう》で周囲《しゅうい》を気《き》にする灰原《はいばら》を、「哀《あい》ちゃん、カゼで具合悪《ぐあいわる》いの？」と歩美《あゆみ》が気《き》にかける。

「大丈夫《だいじょうぶ》…薬《くすり》飲《の》んでるから…」

「じゃあ行《い》こ！」

歩美《あゆみ》に腕《うで》を引《ひ》かれながら、灰原《はいばら》が気《き》にしていたのは、あの黒《くろ》ずくめの男《おとこ》のことだった。

(さっきの男《おとこ》…あの人《ひと》に感《かん》じが似《に》てた…)

灰原《はいばら》の脳裏《のうり》をよぎるのは、FBI《エフビーアイ》捜査官《そうさかん》・赤井秀一《あかいしゅういち》。

来葉峠《らいはとうげ》で黒《くろ》ずくめの組織《そしき》の一員《いちいん》・キールこと水無玲奈《みずなしれな》に頭《あたま》を撃《う》ち抜《ぬ》かれ、すでに死亡《しぼう》したはずの男《おとこ》だ。遺体《いたい》は炎上《えんじょう》した車《くるま》もろとも崖《がけ》の下《した》に落《お》ち、焼《や》け跡《あと》から発見《はっけん》された遺体《いたい》の指《し》紋《もん》は、コナンの携帯《けいたい》に残《のこ》っていた赤井秀一《あかいしゅういち》の指紋《しもん》と一致《いっち》した。

（でもあの火傷《やけど》…どういう事《こと》？）


コナンたちは、6号車《ごうしゃ》から、一《ひと》つ後《うし》ろの車両《しゃりょう》へと戻《もど》ってきた。

待機《たいき》していた車掌《しゃしょう》に、ここが一体何号車《いったいなんごうしゃ》なのかと、尋《たず》ねる。すると、思《おも》いがけない言葉《ことば》が返《かえ》ってきた。

ここは、つい先程消《さきほどき》えてしまったはずの、7号車《ごうしゃ》だというのだ。

「な、7号車《ごうしゃ》!?　本当《ほんとう》にここ、7号車《ごうしゃ》なのか？」

コナンに問《と》い詰《つ》められ、車掌《しゃしょう》は困惑《こんわく》したように「あ、ああ……」とうなずいた。

「い、いつの間《ま》にか7号車《ごうしゃ》が復活《ふっかつ》してます…」

「でも何《なん》で？」

少年探偵団《しょうねんたんていだん》たちは、顔《かお》を見合《みあ》わせた。

「じゃあB《ビー》の部屋《へや》に行《い》ってみようぜ!!」

ここが本当《ほんとう》に7号車《ごうしゃ》ならば、B室《ビーしつ》には撃《う》たれた男《おとこ》がいるはずだ。

コナンが、『B《ビー》』のプレートがさがった部屋《へや》のドアを開《あ》ける。

すると中《なか》では、蘭《らん》と園子《そのこ》、世良《せら》が、先程《さきほど》と同様《どうよう》にお茶《ちゃ》をしていた。

「あれ？　あ、あのさ…ここってホントに…」

「8号車《ごうしゃ》だって言《い》ってんでしょ!!　ガキんちょは部屋《へや》に戻《もど》って大人《おとな》しくしてろってーの！」

怒《おこ》った園子《そのこ》に、強引《ごういん》に部屋《へや》から追《お》い出《だ》されてしまう。

コナンたちは、いよいよ訳《わけ》がわからなかった。

車掌《しゃしょう》は、ここは7号車《ごうしゃ》だと言《い》うが、園子《そのこ》たちは、ここは8号車《ごうしゃ》だと言《い》う。

一体《いったい》、どうなっているのだろう。

「あの車掌《しゃしょう》さんが勘違《かんちが》いしてるのかなぁ？」

歩美《あゆみ》が、廊下《ろうか》の後方《こうほう》に座《すわ》る車掌《しゃしょう》を見《み》やる。

「かもな…何《なん》か眠《ねむ》そうだし…」

勤務中《きんむちゅう》だというのに「ふあ…」とアクビをしている車掌《しゃしょう》を、元太《げんた》もあきれたように見《み》た。

(待《ま》てよ待《ま》てよ…確《たし》か最初《さいしょ》に蘭達《らんたち》がいるこの部屋《へや》に入《はい》った時《とき》…)

コナンは、最初《さいしょ》に7号車《ごうしゃ》を目指《めざ》してこの部屋《へや》に来《き》た時《とき》の記憶《きおく》を探《さぐ》った。確《たし》かあの時《とき》、世《せ》良《ら》は手《て》に白《しろ》いはがきのようなものを持《も》っていた。

いや……あれは、きっとはがきではなく……。

（カード…）

コナンは確信《かくしん》して、再《ふたた》び、園子《そのこ》たちがいる部屋《へや》のドアを開《あ》けた。

「ちょっとあんたねぇ……」

渋《しぶ》い顔《かお》をする園子《そのこ》に向《む》かい、コナンは声《こえ》のトーンを下《さ》げて聞《き》く。

「この部屋《へや》ってさー…本当《ほんとう》の本当《ほんとう》は7号車《ごうしゃ》のB室《ビーしつ》…だよね？」

「だ〜〜か〜〜ら〜〜〜……」

「園子姉《そのこねえ》ちゃん達《たち》ももらったんでしょ？　これに似《に》たカード！」

コナンは、自分《じぶん》たちの部屋《へや》に置《お》かれていた『おめでとう、あなたは探偵役《たんていやく》に選《えら》ばれました！』で始《はじ》まるメッセージの書《か》かれたカードを、園子《そのこ》たちに見《み》せた。

「んで、それに書《か》いてある指示通《しじどお》りにしたんじゃない？　この部屋《へや》にいた被害者役《ひがいしゃやく》の人《ひと》と一時的《いちじてき》に部屋《へや》を入《い》れ替《か》わって…訪《たず》ねて来《く》る探偵達《たんていたち》をだまして迷《まよ》わせろって…違《ちが》う？」

ぐっ、と園子《そのこ》が言葉《ことば》に詰《つ》まった。

「すっごーい！　さすがコナン君《くん》…」

「正解《せいかい》だよ！」

蘭《らん》と世良《せら》が、口々《くちぐち》に称賛《しょうさん》する。

「誰《だれ》かにノックされて扉《とびら》を開《あ》けたら封筒《ふうとう》が落《お》ちてて、中《なか》のカードにこう書《か》いてあったのよ……『おめでとう！　あなたは共犯者《きょうはんしゃ》に選《えら》ばれました』って！　後《あと》はコナン君《くん》が言《い》った通《とお》り……」

「7号車《ごうしゃ》のB室《ビーしつ》で被害者役《ひがいしゃやく》のお客《きゃく》さんが待《ま》ってるから、入《い》れ替《か》わって推理《すいり》クイズを盛《も》り上《あ》げてくれってねェ!!」

園子《そのこ》がすごい剣幕《けんまく》でコナンをにらみつける。

(当《あ》てられて逆《ぎゃく》ギレかよ…)とコナンは内心《ないしん》で園子《そのこ》に突《つ》っ込《こ》みを入《い》れた。

「んで、その被害者役《ひがいしゃやく》の客《きゃく》と蘭君達《らんくんたち》が丁度《ちょうど》入《い》れ替《か》わる所《ところ》に、ボクが通《とお》りかかって…」

と、世良《せら》が元気《げんき》よく説明《せつめい》を継《つ》いだ。

「指示《しじ》されたカードを見《み》せてもらって…事情《じじょう》を把握《はあく》したってわけさ！」

「だから今頃《いまごろ》はあの被害者役《ひがいしゃやく》の人《ひと》、わたし達《たち》の8号車《ごうしゃ》でくつろいでるんじゃないかなぁ？」

そう言《い》った蘭《らん》に、コナンは、「じゃあ、小五郎《こごろう》おじさんはそのまま8号車《ごうしゃ》にいるの？」

と聞《き》いた。

「ウチらと一緒《いっしょ》にこの部屋《へや》に来《き》たけど、被害者役《ひがいしゃやく》の人《ひと》に言《い》われて食堂車《しょくどうしゃ》に行《い》っちゃったわよ！　最後《さいご》にこの推理《すいり》クイズの答《こた》えを解説《かいせつ》する探偵役《たんていやく》をやって欲《ほ》しいから…食堂車《しょくどうしゃ》で待機《たいき》してくれってさ…」

蘭《らん》の答《こた》えに、コナンは「へ――――…」と、しらけた相槌《あいづち》を打《う》った。最後《さいご》の解説役《かいせつやく》とは、これまた楽《らく》でオイシイ役《やく》どころだ。おおかた今頃《いまごろ》は、コース料理《りょうり》を味《あじ》わいながら、ワインでも飲《の》んだくれているのだろう。

「それより初《はじ》めましてだよな？　君《きみ》だろ？　灰原《はいばら》って子《こ》！」

世良《せら》が、灰原《はいばら》に気《き》がついて、声《こえ》をかけた。

ギクリと体《からだ》をすくめた灰原《はいばら》に代《か》わり、「あ、ああ…」とコナンが答《こた》える。

「君《きみ》とは一度《いちど》お話《はなし》したかったんだよね…」

――ドックン、ドックン。

世良《せら》に見《み》つめられ、灰原《はいばら》は、動悸《どうき》が恐《おそ》ろしいほど大《おお》きくなっていくのを感《かん》じた。

(こ、この人《ひと》…まさか…)

「誰《だれ》だ!?」

(え？)

突然《とつぜん》、灰原《はいばら》の背後《はいご》のドアをにらみ、世良《せら》が叫《さけ》んだ。

「な、何《なに》？」

と、園子《そのこ》が驚《おどろ》いて尋《たず》ねる。

「今《いま》、扉越《とびらご》しに誰《だれ》かが覗《のぞ》いてた…」

世良《せら》は立《た》ち上《あ》がり、ドアを開《あ》けて、廊下《ろうか》の外《そと》をうかがった。しかしそこに、怪《あや》しい人物《じんぶつ》の気配《けはい》はない。

「――って思《おも》ったけど…気《き》のせいか…」


ベルツリー急行《きゅうこう》は、山間《やまあい》の線路《せんろ》を、ひた走《はし》っていた。

窓《まど》の外《そと》を、風景《ふうけい》が流《なが》れていく。

重《かさ》なった山裾《やますそ》の向《む》こう側《がわ》に、遠《とお》く、もうもうと黒煙《こくえん》が上《あ》がっているのが、どの車両《しゃりょう》からも見《み》えていた。誰《だれ》かが、野焼《のや》きでもしているのだろうか。

コナンたちはひとまず、死体消失《したいしょうしつ》の謎《なぞ》が解《と》けたことを、7号車《ごうしゃ》の車掌《しゃしょう》に伝《つた》えに行《い》った。

「死体消失《したいしょうしつ》トリックが解《と》けた？　ハハ…今回《こんかい》の推理《すいり》クイズはまだ出題《しゅつだい》されてないよ…」

今度《こんど》も車掌《しゃしょう》は笑《わら》うばかりで、まじめに取《と》り合《あ》ってはくれなかった。

「でもボク、こんなカードもらったよ！」

「わたし達《たち》もね！」

コナンと園子《そのこ》が口々《くちぐち》に言《い》って、カードを見《み》せる。

「うーん…確《たし》かにいつもの指示《しじ》カードと同《おな》じようだけど…今回《こんかい》聞《き》かされてたのはそんなトリックじゃなかったがねぇ…」

車掌《しゃしょう》の言《い》うことは要領《ようりょう》を得《え》ない。こうなったら8号車《ごうしゃ》に行《い》って、被害者役《ひがいしゃやく》の客《きゃく》に聞《き》いてみるのが早《はや》そうだ。

コナンたちは8号車《ごうしゃ》に向《む》かい、撃《う》たれる役《やく》を演《えん》じていた男《おとこ》を探《さが》すことにした。

「ん？　どした？　灰原《はいばら》…」

そわそわと落《お》ち着《つ》かない様子《ようす》の灰原《はいばら》に気《き》づいて、コナンが声《こえ》をかける。

「……この列車《れっしゃ》…妙《みょう》な気配《けはい》がしない？　殺気立《さっきだ》ってるっていうか…」

「そりゃオメー…クリスティの小説《しょうせつ》の読《よ》みすぎだよ…」

(その気配《けはい》…1人《り》や2人《り》じゃないんだけどね…)

灰原《はいばら》は内心《ないしん》でつぶやき、周囲《しゅうい》を警戒《けいかい》し続《つづ》けた。

列車《れっしゃ》がトンネルに入《はい》り、車内《しゃない》がにわかに薄暗《うすぐら》くなった。

8号車《ごうしゃ》では、呼《よ》び鈴《りん》を受《う》けてA室《エーしつ》の扉《とびら》を車掌《しゃしょう》がくりかえしノックしていた。

「能登様《のとさま》…何《なに》かご用《よう》ですか？　能登様《のとさま》！　能登様《のとさま》？」

幾度目《いくたびめ》かのノックで、不機嫌《ふきげん》そうな能登《のと》がようやく顔《かお》を出《だ》した。

「何《なん》だね一体《いったい》!?　私《わたし》は呼《よ》んじゃいないよ!!」

「あ、でも今《いま》ベルが…」

「知《し》らんよ！　まったく、呼《よ》んでも来《こ》ないのに…余計《よけい》な時《とき》には来《く》るんだな…」

能登《のと》がうんざりしたようにつぶやく。

能登《のと》の隣《となり》のB室《ビーしつ》のドアが開《あ》き、周囲《しゅうい》の様子《ようす》をうかがうように、室橋《むろばし》が顔《かお》を出《だ》した。誰《だれ》かと電話《でんわ》をしているらしい。

「……ああ、大丈夫《だいじょうぶ》です…。隣《となり》の部屋《へや》で何《なに》かトラブってるけど、車掌《しゃしょう》の勘違《かんちが》いだったようで…」

どうやら、能登《のと》の様子《ようす》が気《き》になって、部屋《へや》から出《で》て来《き》たようだ。室橋《むろばし》が部屋《へや》の中《なか》へと戻《もど》ると、能登《のと》も乱暴《らんぼう》に扉《とびら》を閉《し》めた。

すると今度《こんど》はE室《イーしつ》の呼《よ》び鈴《りん》が鳴《な》った。

車掌《しゃしょう》が向《む》かうと、「ちょっと！　どーにかしてくださらない!?」と、出波《いでなみ》がイラついた様子《ようす》で顔《かお》を突《つ》き出《だ》した。

「どうにかとは？」

「音《おと》よ音《おと》!!　部屋《へや》の中《なか》で妙《みょう》な音《おと》がしてるのよ！」

「な、何《なに》も聞《き》こえませんが…」

「さっきはしてたのよ!!」

そのときちょうど、ピピ…ピピ…と、部屋《へや》の中《なか》から電子音《でんしおん》が聞《き》こえてきた。

「ホラ、この音《おと》…聞《き》こえるでしょ？」

「はい…多分《たぶん》、誰《だれ》かが忘《わす》れた携帯電話《けいたいでんわ》か何《なに》かだと思《おも》いますが…」

部屋《へや》の中《なか》に入《はい》ろうとした車掌《しゃしょう》を、出波《いでなみ》が手《て》で押《お》し戻《もど》す。

「ちょっと入《はい》らないでよ!!　自分《じぶん》で探《さが》すから！」

「はあ…」

「それより私《わたし》が言《い》いたいのは…何《なん》でその携帯《けいたい》を発車前《はっしゃまえ》に見《み》つけてないのかって事《こと》よ!!　ちゃんとこの部屋清掃《へやせいそう》したの!?」

「あの――…何《なに》かあったんですか？」

出波《いでなみ》の金切《かなき》り声《ごえ》を聞《き》きつけ、今度《こんど》はC室《シーしつ》から安東《あんどう》が顔《かお》を出《だ》す。

そこへちょうど、園子《そのこ》が、蘭《らん》や世良《せら》、少年探偵団《しょうねんたんていだん》たちを引《ひ》き連《つ》れてやって来《き》た。

園子《そのこ》たちと部屋《へや》を代《か》わった室橋《むろばし》がいるはずの、B室《ビーしつ》の扉《とびら》をノックする。

「ちょっとおじさん！　もうトリック、バレちゃったわよ！　出《で》て来《き》て説明《せつめい》してよ！」

園子《そのこ》が扉《とびら》をたたくが、室橋《むろばし》の返事《へんじ》はない。

「ちょっとォ～…まさかウチらの部屋《へや》で寝《ね》てるんじゃ…」

園子《そのこ》がぼやきながら、扉《とびら》を開《あ》けようとする。しかし、途中《とちゅう》でガッと止《と》まってしまった。

チェーンロックが掛《か》かっているらしい。

部屋《へや》の中《なか》をのぞきこむと、室橋《むろばし》がイスに寄《よ》りかかり、顎《あご》を上《あ》げて眠《ねむ》り込《こ》んでいるのが見《み》えた。

「おじさーん!!　寝《ね》てないでチェーンロック外《はず》してよ!!」

「どうしたの？」

わめく園子《そのこ》に、蘭《らん》が声《こえ》をかける。

「あの被害者役《ひがいしゃやく》のおじさんがソファーでうたた寝《ね》してるのよ！　こめかみから血《ち》を流《なが》して

…まるで死《し》んでるみたいにね！」

「え？」

園子《そのこ》の答《こた》えを聞《き》いたコナンと世良《せら》が、同時《どうじ》に顔色《かおいろ》を変《か》えた。

「まあ、どーせまた推理《すいり》クイズのネタだろうけど…」

「ちょっと、どいて!!」

世良《せら》とコナンは、チェーンロックの隙間《すきま》から様子《ようす》をうかがい、驚《おどろ》きに目《め》を見開《みひら》いた。

部屋《へや》の中《なか》から、硝煙《しょうえん》の臭《にお》いがするのだ。推理《すいり》クイズだったら、こんな臭《にお》いがするはずはない。

「扉《とびら》を破《やぶ》ろう!!」

コナンが言《い》い、二人《ふたり》はドアのへりに両手《りょうて》をかけた。「いっせーの…」で、思《おも》いきり手前《てまえ》に引《ひ》いて、チェーンロックを壊《こわ》すと、部屋《へや》の中《なか》に突入《とつにゅう》した。

「すっげー！」

「また推理《すいり》クイズですか？」

元太《げんた》と光彦《みつひこ》が、のんきな声《こえ》をあげる。

世良《せら》が、目《め》を見開《みひら》いたまま動《うご》かない男《おとこ》の脈《みゃく》を確認《かくにん》して、つぶやいた。

「いや…本当《ほんとう》に死《し》んでるよ…」

(しかもこれは…密室殺人《みっしつさつじん》だ!!)


「さ、殺人《さつじん》!?」

目《め》の前《まえ》にある遺体《いたい》が本物《ほんもの》であることに気《き》づいた園子《そのこ》が、驚《おどろ》いて叫《さけ》んだ。

「ああ…誰《だれ》かがこの人《ひと》のこめかみを拳銃《けんじゅう》で撃《う》ち抜《ぬ》いたんだ…」

遺体《いたい》を確認《かくにん》しながら答《こた》える世良《せら》に、蘭《らん》が「で、でも」と反論《はんろん》する。

「この部屋《へや》、チェーンロックが掛《か》かってたから、無理矢理《むりやり》、鎖《くさり》をひきちぎって入《はい》ったよね? だから自殺《じさつ》なんじゃない?」

「そのロックを掛《か》けた方法《ほうほう》はまだ謎《なぞ》だけど…こめかみの銃創《じゅうそう》の周《まわ》りにこげ跡《あと》がない…離《はな》れた位置《いち》で撃《う》たれた証拠《しょうこ》さ! 拳銃《けんじゅう》で自分《じぶん》の頭《あたま》を撃《う》つ場合《ばあい》、銃口《じゅうこう》は頭《あたま》に密着《みっちゃく》させるはずだから…」

世良《せら》の推察《すいさつ》に、園子《そのこ》が「でもさー…」と口《くち》をはさんだ。

「撃《う》つ直前《ちょくぜん》に怖《こわ》くなって思《おも》わず離《はな》しちゃったとかは?」

「それはないと思《おも》うよ…」

コナンが、被害者《ひがいしゃ》が手《て》に握《にぎ》らされている拳銃《けんじゅう》を確認《かくにん》しながら言《い》う。

「拳銃《けんじゅう》の先《さき》にサイレンサーが付《つ》いてるし…ホラ、こんな長《なが》いのに頭《あたま》から離《はな》して撃《う》つ方《ほう》が無《む》理《り》あるんじゃない？　それに普《ふ》通《つう》、自殺《じさつ》する人《ひと》はサイレンサーなんて使《つか》わないと思《おも》うし…それにホラ、向《む》かいのソファーに拳銃《けんじゅう》で撃《う》ったような跡《あと》が付《つ》いてるよ！」

コナンが指《ゆび》さしたソファーの座面《ざめん》には、確《たし》かに、焼《や》けこげたような跡《あと》が残《のこ》っている。

「多分《たぶん》、被害者《ひがいしゃ》の手《て》や袖口《そでぐち》に発射残渣《はっしゃざんさ》を付《つ》けて自殺《じさつ》に見《み》せる為《ため》に…遺体《いたい》に拳銃《けんじゅう》を握《にぎ》らせて一発余計《いっぱつよけい》に撃《う》ったのさ！　もちろん犯人《はんにん》の手《て》や袖口《そでぐち》にも発射残渣《はっしゃざんさ》は付《つ》いてるだろうけど…手《て》に付《つ》いたヤツは水《みず》で洗《あら》えばすぐ取《と》れるし…部屋《へや》の窓《まど》は開《ひら》くから服《ふく》はもう捨《す》てちゃってるかもな…」

そう言《い》うと、世良《せら》は強気《つよき》に微笑《ほほえ》んだ。

「でもまあ、犯人《はんにん》はまだ確実《かくじつ》にこの列車内《れっしゃない》だ…逃《のが》しはしないさ！」

その時《とき》、コナンの携帯《けいたい》が振動《しんどう》した。

通知《つうち》を確認《かくにん》したコナンが、一瞬表情《いっしゅんひょうじょう》を変《か》える。しかし、すぐに平静《へいせい》に戻《もど》って、少年探偵《しょうねんたんてい》団《だん》たちに声《こえ》をかけた。

「とりあえずオメーらは蘭姉《らんねえ》ちゃん達《たち》と部屋《へや》に戻《もど》ってなよ！」

「えー、ボク達《たち》も何《なに》か手伝《てつだ》いますよ！」

光彦《みつひこ》がすかさず口《くち》をとがらせる。

「歩美《あゆみ》もー！」

「余計《よけい》な事《こと》はすんな!!　オレが戻《もど》って来《く》るまで部屋《へや》に鍵掛《かぎか》けて、誰《だれ》が訪《たず》ねて来《き》ても絶対開《ぜったいあ》けるんじゃねーぞ!!」

コナンにどなりつけられ、灰原《はいばら》が「何《なに》よ急《きゅう》に…」と眉《まゆ》をひそめた。

「怖《こ》えーぞ　お前《まえ》…」

と、元太《げんた》もボヤく。

「あ、だから…殺人犯《さつじんはん》がうろついてるから危《あぶ》ないだろ？」

コナンがなだめるように言《い》った。

「とにかく警察《けいさつ》に連絡《れんらく》して近《ちか》くの駅《えき》に列車《れっしゃ》を止《と》め、車内放送《しゃないほうそう》で、警察《けいさつ》が来《く》るまで部屋《へや》から出《で》るなって客達《きゃくたち》に伝《つた》えてくれ!!」

世良《せら》に指示《しじ》を出《だ》され、「は、はい！」と、8号車《ごうしゃ》の車掌《しゃしょう》はあわてて走《はし》り去《さ》っていった。

「お客様《きゃくさま》にご連絡《れんらく》します…。先程《さきほど》、車内《しゃない》で事故《じこ》が発生《はっせい》した為《ため》…当列車《とうれっしゃ》は予定《よてい》を変更《へんこう》し、最《も》寄《よ》りの駅《えき》で停車《ていしゃ》する事《こと》を検討中《けんとうちゅう》でございます…。お客様《きゃくさま》には大変《たいへん》ご迷惑《めいわく》をおかけしますが…停車《ていしゃ》いたしましてもこちらの指示《しじ》があるまで各自《かくじ》の部屋《へや》の中《なか》で待機《たいき》し、外《そと》に出《で》る事《こと》は極《きょく》力《りょく》、避《さ》けられるようお願《ねが》いいたします…。なお、予定《よてい》していた推理《すいり》クイズは中止《ちゅうし》とさせて頂《いただ》きます…」

車内《しゃない》アナウンスを聞《き》きながら、灰原《はいばら》はざわざわと、落《お》ち着《つ》かない感覚《かんかく》に駆《か》られていた。

余計《よけい》なことはするなと声《こえ》を荒《あら》らげたコナンの態度《たいど》も気《き》にかかる。

(嫌《いや》な感《かん》じ…さっきからずっと続《つづ》いてる…。それに彼《かれ》のあの態度《たいど》…何《なん》なのよ一体《いったい》!?)

灰原《はいばら》は不安《ふあん》からか、小五郎《こごろう》に電話《でんわ》をかける蘭《らん》の服《ふく》の裾《すそ》を、ずっとつかんでいる。その時《とき》、あの黒《くろ》ずくめの大柄《おおがら》な男《おとこ》が、前《まえ》から歩《ある》いてきてすれちがった。

ハットの陰《かげ》から、ぎらついた目《め》が灰原《はいばら》を見下《みお》ろした。その目《め》の下《した》には、くっきりとした隈《くま》がある。

(え?)

ドックン！

灰原《はいばら》の心臓《しんぞう》が、跳《は》ね上《あ》がる。

「あれ？」

隈《くま》の男《おとこ》の後《あと》からやって来《き》た人影《ひとかげ》に目《め》をとめ、蘭《らん》が声《こえ》をかけた。

「あなたも乗《の》ってたんですね！　安室《あむろ》さん！」

「ええ！」

姿《すがた》を見《み》せた安室透《あむろとおる》は、さわやかにうなずいた。ベージュのパンツに白《しろ》シャツとベストという出《い》で立《た》ちで、首元《くびもと》にはブローチタイが輝《かがや》いている。

「ネットでうまく競《せ》り落《お》とせたんで…さっき食堂車《しょくどうしゃ》で毛利先生《もうりせんせい》ともお会《あ》いしましたよ！」

安室《あむろ》の端正《たんせい》な顔《かお》だちにじっと熱《あつ》い視線《しせん》をそそぎながら、園子《そのこ》が「誰《だれ》？　このイケメン…」と蘭《らん》にささやいた。

「前《まえ》に話《はな》した、お父《とう》さんの弟子《でし》になりたいって探偵《たんてい》さん！」

園子《そのこ》に愛想《あいそ》のいい微笑《びしょう》を向《む》けると、安室《あむろ》は表情《ひょうじょう》を引《ひ》き締《し》めた。

「それより車内《しゃない》で事故《じこ》があったようですけど…何《なに》か聞《き》いてます？」

「そ、それが殺人事件《さつじんじけん》があったみたいで。今《いま》、世良《せら》さんとコナン君《くん》が現場《げんば》に残《のこ》ってるんですけど…」

蘭《らん》の答《こた》えに、安室《あむろ》は「ホー…」とうなずいた。

「それなら毛利先生《もうりせんせい》にお任《まか》せした方《ほう》がよさそうかな？」

×　×　×

蘭《らん》たちと話《はな》す安室透《あむろとおる》の姿《すがた》を、小《ちい》さく開《ひら》いたドアの隙間《すきま》からじっと見《み》つめる人物《じんぶつ》がいた。

沖矢昴《おきやすばる》だ。ドアを閉《し》めると、部屋《へや》の中《なか》にいる女性《じょせい》に声《こえ》をかける。

「……どうやら天《てん》は我々《われわれ》に味方《みかた》しているようですね…」

女性《じょせい》は足《あし》を組《く》んで携帯《けいたい》を操作《そうさ》しながら、沖矢《おきや》の言葉《ことば》に微笑《びしょう》で答《こた》えた。

×　×　×

死人《しにん》が出《で》たというのに、ベルツリー急行《きゅうこう》は近《ちか》くの駅《えき》には停車《ていしゃ》せず、名古屋《なごや》まで直行《ちょっこう》することになった。列車《れっしゃ》のオーナーである鈴木次郎吉相談役《すずきじろきちそうだんやく》が、『儂《わし》の列車《れっしゃ》の中《なか》で人《ひと》を殺《あや》めた不届《ふとど》き者《もの》は儂《わし》の目《め》の前《まえ》でお縄《なわ》にせよ』と、名古屋駅《なごやえき》で待《ま》ち構《かま》えているためらしい。

（どんだけ力持《ちからも》ってんだよ？　あのジイさん…）

理由《りゆう》を聞《き》いたコナンはあきれ返《かえ》ったが、ともかく、ベルツリー急行《きゅうこう》は、室橋《むろばし》の遺体《いたい》と、そして犯人《はんにん》を乗《の》せたまま、走《はし》り続《つづ》けることになった。食堂車《しょくどうしゃ》から蘭《らん》に呼《よ》ばれてやって来《き》た小五郎《こごろう》が、世良《せら》とコナンに合流《ごうりゅう》し、まずは遺体《いたい》の見《み》つかった8号車車掌《ごうしゃしゃしょう》の話《はなし》を聞《き》くことにする。

車掌《しゃしょう》によると、彼《かれ》が被害者《ひがいしゃ》の室橋《むろばし》を最後《さいご》に見《み》たのは、車掌《しゃしょう》を呼《よ》ぶ呼《よ》び鈴《りん》の音《おと》がした時《とき》だという。車掌《しゃしょう》はA室《エーしつ》に向《む》かったが、出《で》てきた能登《のと》に「私《わたし》は呼《よ》んでない」と、叱《しか》られてしまった。その時《とき》、隣《となり》のB室《ビーしつ》の扉《とびら》の陰《かげ》から室橋《むろばし》がこちらをチラチラ見《み》ているのが目《め》に入《はい》っていたという。室橋《むろばし》は誰《だれ》かと電話《でんわ》していたようだ、とのことだった。

コナンたちは、能登泰策《のとたいさく》がいる8号車A室《ごうしゃエーしつ》に向《む》かい、話《はなし》を聞《き》いた。

「ああ…私《わたし》もその時《とき》、扉越《とびらご》しに室橋《むろばし》さんの声《こえ》は聞《き》いたよ…」

能登《のと》も、部屋《へや》から出《で》て来《き》た室橋《むろばし》に気《き》がついていたようだ。

「まさか彼《かれ》が隣《となり》の部屋《へや》にいるとは思《おも》わなくて驚《おどろ》いたがね…」

「しかし、何《なん》で呼《よ》び鈴《りん》を鳴《な》らしたのに呼《よ》んでないなんて嘘《うそ》を？」

小五郎《こごろう》に問《と》われ、能登《のと》は心外《しんがい》そうに声《こえ》を荒《あら》らげた。

「だから私《わたし》は呼《よ》んでないのに勝手《かって》に車掌《しゃしょう》がやって来《き》たんだよ!!」

「でもさ…呼《よ》び鈴《りん》鳴《な》らしたら扉《とびら》の上《うえ》のランプが付《つ》くはずだから間違《まちが》えないと思《おも》うけど…」

コナンの指摘《してき》に、車掌《しゃしょう》がおずおずと弁解《べんかい》する。

「じ、実《じつ》はこのA室《エーしつ》のランプだけ電球《でんきゅう》が切《き》れてて…だから呼《よ》び鈴《りん》が鳴《な》ってるのに、どの部《へ》屋《や》もランプがついてなかったから…てっきり能登様《のとさま》の部屋《へや》だと思《おも》ってノックしたんだけど…」

「んで？　その後《あと》は？」

小五郎《こごろう》が、車掌《しゃしょう》の行動《こうどう》の先《さき》を促《うなが》す。

「A室《エーしつ》とB室《ビーしつ》の扉《とびら》が閉《し》まったすぐ後《あと》に呼《よ》び鈴《りん》が鳴《な》り…出波様《いでなみさま》のE室《イーしつ》のランプがついていたので行《い》ってみましたけど…」


車掌《しゃしょう》の証言《しょうげん》に従《したが》い、コナンたちは、出波《いでなみ》のいるE室《イーしつ》を訪《たず》ねた。車掌《しゃしょう》を呼《よ》んだ時《とき》のことについて、証言《しょうげん》を求《もと》める。

「えぇ…確《たし》かに呼《よ》び鈴《りん》で車掌《しゃしょう》さんを呼《よ》んだわよ！　私《わたし》の部屋《へや》で妙《みょう》な音《おと》がしてたから…。音《おと》の原因《げんいん》はこの腕時計《うでどけい》のアラーム…ソファーの隙間《すきま》に挟《はさ》まってるのを見《み》つけたわ！　どーせ清掃員《せいそういん》か誰《だれ》かの忘《わす》れ物《もの》だろうけど…」

「部屋《へや》を調《しら》べさせる為《ため》に車掌《しゃしょう》さんを呼《よ》んだなら、犯人《はんにん》が被害者《ひがいしゃ》の部屋《へや》に入《はい》ったのはその時《とき》かもしれないな…。廊下《ろうか》の見張《みは》り役《やく》の車掌《しゃしょう》さんがいなくなるわけだし…」

世良《せら》がつぶやくと、出波《いでなみ》が反論《はんろん》した。

「調《しら》べさせるって…呼《よ》んだのは文句《もんく》を言《い》う為《ため》！　これはさっき自分《じぶん》で見《み》つけたわよ！　私《わたし》、自分《じぶん》の領域《りょういき》を他人《たにん》に侵《おか》されるのって耐《た》えられないから…」

「ほ――…じゃあ車掌《しゃしょう》さんはずっと廊下《ろうか》にいたのに、被害者《ひがいしゃ》のB室《ビーしつ》に入《はい》る不審人物《ふしんじんぶつ》は見《み》てないんですか？」

小五郎《こごろう》に不審《ふしん》げな目《め》を向《む》けられ、車掌《しゃしょう》はおどおどと説明《せつめい》した。

「そ、そういえば…出波様《いでなみさま》の苦情《くじょう》を聞《き》いていた時《とき》に一番向《いちばんむ》こうの扉《とびら》が開《あ》いていて…扉越《とびらご》しに誰《だれ》かがチラチラこちらを覗《のぞ》いていたような…」

「一番向《いちばんむ》こうならA室《エーしつ》か…」

小五郎《こごろう》がつぶやく。

記憶《きおく》がよみがえってきたのか、車掌《しゃしょう》は、さらなる心当《こころあ》たりを口《くち》にした。

「その怪《あや》しい人《ひと》を見《み》る少《すこ》し前《まえ》に、D室《ディーしつ》から出《で》て来《き》た小蓑様《こみのさま》がメイドさんに車《くるま》イスを押《お》されてちらの方《ほう》へ行《い》かれたので…あの2人《り》なら見《み》ているかも…」


コナンたちは、D室《ディーしつ》の扉《とびら》をたたき、小蓑《こみの》と住友《すみとも》からも話《はなし》を聞《き》いた。

「A室《エーしつ》の…扉《とびら》？　私達《わたしたち》が通《とお》った時《とき》にはそんな扉開《とびらあ》いてませんでしたわよ？　もちろん、その扉《とびら》のそばにいたという怪《あや》しげな方《かた》も見《み》ておりませんし…。ですわよね、住友《すみとも》さん？」

「はい、奥様《おくさま》…」

車《くるま》イスに座《すわ》った小蓑《こみの》に顔《かお》を向《む》けられ、メイドの住友《すみとも》が丁重《ていちょう》にうなずく。

「開《あ》いていたのは出波様《いでなみさま》の怒鳴《どな》り声《ごえ》が聞《き》こえていた…E室《イーしつ》の扉《とびら》だけでございますわ…」

「じゃあ小蓑様達《こみのさまたち》が通《とお》り過《す》ぎた後《あと》で開《あ》いたのかも…」

車掌《しゃしょう》の推測《すいそく》に、コナンが反論《はんろん》した。

「でもさ、ボク達B室《たちビーしつ》に行《い》く途中《とちゅう》、この8号車《ごうしゃ》に入《はい》る扉《とびら》の所《ところ》でおばあさん達《たち》とすれ違《ちが》ったけど…ボク達《たち》もA室《エーしつ》の扉《とびら》が開《あ》いてるのを見《み》てないよ？」

「本当《ほんとう》に開《あ》いてたのか？」

小五郎《こごろう》に問《と》い詰《つ》められ、車掌《しゃしょう》は自信《じしん》なさげに目《め》を泳《およ》がせた。

「あ、そ、そういえばボウヤ達《たち》が来《く》る直前《ちょくぜん》に、C室《シーしつ》の安東《あんどう》さんが様子《ようす》を見《み》に来《こ》られたので
もしかしたら見《み》てるかも…」
コナンたちは最後《さいご》に、安東《あんどう》のいるC室《シーしつ》を訪《たず》ねて、事件前《じけんまえ》の状況《じょうきょう》を聞《き》いた。
「ああ…。出波《いでなみ》さんの怒鳴《どな》り声《ごえ》が私《わたし》の部屋《へや》まで響《ひび》いていたので…部屋《へや》を出《で》て様子《ようす》を見《み》に行《い》
ったんです…。何事《なにごと》かと思《おも》って…でもその時《とき》、A室《エーしつ》の扉《とびら》が開《あ》いていたかどうかはわかりま
せんねぇ…。出波《いでなみ》さんのE室《イーしつ》とは逆方向《ぎゃくほうこう》なので…。その上《うえ》あの時《とき》、列車《れっしゃ》がトンネルの中《なか》に
入《はい》っていて窓《まど》からの光《ひかり》が無《な》く…廊下《ろうか》は薄暗《うすぐら》かったですし…」
「そういえばそうだったなァ…」
世良《せら》が納得《なっとく》したようにつぶやく。確《たし》かに、事件《じけん》が起《お》きた時列車《ときれっしゃ》はトンネルの中《なか》で、あた
りは薄暗《うすぐら》かった。
「君達《きみたち》は見《み》てないのかい？　私《わたし》が部屋《へや》から出《で》たすぐ後《あと》にやって来《き》たよね？」
安東《あんどう》に逆《ぎゃく》に聞《き》き返《かえ》され、コナンは「うん…見《み》てないよ…」と否定《ひてい》した。
「ところであなた方《がた》、8号車《ごうしゃ》の乗客《じょうきゃく》はお互《たが》いの名前《なまえ》と部屋《へや》を妙《みょう》に把握《はあく》しているようですが
…知《し》り合《あ》いとか？」

小五郎《こごろう》の疑問《ぎもん》を、安東《あんどう》が「ええ、まあ…」と肯定《こうてい》する。

「毎年《まいとし》このミステリートレインでご一緒《いっしょ》するので…」

「この方々《かたがた》は毎年《まいとし》この一等車《いっとうしゃ》を予約《よやく》される常連《じょうれん》さんなんです！　しかも、いつも皆《みな》さん同《おな》じ部屋《へや》をね！」

車掌《しゃしょう》が補足《ほそく》し、小五郎《こごろう》は「ホー…」と相槌《あいづち》を打《う》った。


安東《あんどう》への事情聴取《じじょうちょうしゅ》が終《お》わり、これで8号車《ごうしゃ》すべての客《きゃく》のもとを訪《たず》ねたことになる。

しかし、B室《ビーしつ》を出入《でい》りする不審人物《ふしんじんぶつ》を見《み》た者《もの》はいなかった。

死《し》んだ室橋《むろばし》のB室《ビーしつ》にはチェーンロックがかかっていて、事件当時《じけんとうじ》ずっと廊下《ろうか》にいた車掌《しゃしょう》も、8号車《ごうしゃ》のほかの乗客《じょうきゃく》たちも、B室《ビーしつ》に出入《でい》りする不審人物《ふしんじんぶつ》を誰《だれ》も見《み》ていないのなら――

「室橋《むろばし》さんの拳銃自殺《けんじゅうじさつ》で決《き》まりなんじゃないのか？」

そう推理《すいり》する小五郎《こごろう》に、世良《せら》とコナンが、口々《くちぐち》に反論《はんろん》した。

「でもこめかみの銃創《じゅうそう》の周《まわ》りにはこげ跡《あと》がなかったし…」

「遺体《いたい》の向《む》かいのソファーには拳銃《けんじゅう》で撃《う》った跡《あと》がついてたよ？」

「このミステリートレインの乗客《じょうきゃく》は全員《ぜんいん》ミステリーファン！　どーせ死《し》ぬなら他殺《たさつ》に見《み》える証拠《しょうこ》をわざと残《のこ》して、自分《じぶん》の死《し》を謎《なぞ》めいた物《もの》にしたかったんだよ！　密室《みっしつ》の謎《なぞ》を解《と》けるもんなら解《と》いてみろってな！」

大雑把《おおざっぱ》な小五郎《こごろう》の推理《すいり》に、「けどさ…」と世良《せら》がなおも反論《はんろん》する。

「あの室橋《むろばし》って人《ひと》、蘭君達《らんくんたち》と部屋《へや》を入《い》れ替《か》えて推理《すいり》クイズにノリノリで協力《きょうりょく》してたんだよ？　そんな人《ひと》が自殺《じさつ》なんてするかぁ？」

「その推理《すいり》クイズの指示《しじ》カードだって偽物《にせもの》みたいだし…」

そう言《い》って、コナンは、自分《じぶん》たちの部屋《へや》の前《まえ》に置《お》かれていた指示《しじ》カードを車掌《しゃしょう》に渡《わた》した。

「確《たし》かに…いつもの指示《しじ》カードとそっくりだけど…内容《ないよう》は我々《われわれ》が聞《き》いていたトリックとは違《ちが》うなぁ…」

カードを確認《かくにん》した車掌《しゃしょう》の証言《しょうげん》を聞《き》き、コナンは（やっぱり…）と確信《かくしん》した。

（誰《だれ》かが何《なに》かの目的《もくてき》で室橋《むろばし》さんをこの一等車《いっとうしゃ》に移動《いどう》させたんだ…。いつも室橋《むろばし》さんが予約《よやく》していた一等車《いっとうしゃ》のB《ビー》室《しつ》におっちゃん達《たち》が割《わ》り込《こ》んで来《き》たから……となると、この車両《しゃりょう》でしかできないトリックなのか？）

「なぁ？　この一等車《いっとうしゃ》って何《なに》かあるのか？　ホラ、A《エー》からE《イー》室《しつ》って毎年同《まいとしおな》じ客《きゃく》が予約《よやく》してたんだろ？」

コナンと同《おな》じことを考《かんが》えていたらしい世良《せら》が、車掌《しゃしょう》に聞《き》いた。

「このベルツリー急行《きゅうこう》は5年前《ねんまえ》に完成《かんせい》したんですが…この一等車《いっとうしゃ》は、鈴木次郎吉相談役《すずきじろきちそうだんやく》が友人《ゆうじん》の資産家《しさんか》のリクエストを受《う》けて作《つく》ったと聞《き》いてます…。なんでもその資産家《しさんか》はオリエント急行《きゅうこう》の大《だい》ファンで、家族全員《かぞくぜんいん》でゆったり乗《の》れるようにこの車両《しゃりょう》だけ部屋《へや》を広《ひろ》くしたとか…」

「んじゃ、さっきの客達《きゃくたち》はその資産家《しさんか》の家族《かぞく》なのか？」

小五郎《こごろう》の疑問《ぎもん》に、車掌《しゃしょう》は「いえ…」と首《くび》を振《ふ》った。

「その一家《いっか》は初運行《はつうんこう》の一《いっ》か月前《げつまえ》の大火事《おおかじ》でほとんど亡《な》くなられて、乗客《じょうきゃく》の中《なか》で家族《かぞく》は1人《り》だけかと…」

「誰《だれ》だそれ？」

「D室《ディーしつ》にいらっしゃる小蓑様《こみのさま》です…。確《たし》か亡《な》くなられた資産家《しさんか》の伯母《おば》にあたられるとか…」

「その事件《じけん》ならネットに載《の》ってるよ！」

スマートフォンを操作《そうさ》しながら、世良《せら》が言《い》った。

「その資産家《しさんか》の誕生《たんじょう》パーティー中《ちゅう》に起《お》きた火事《かじ》で、亡《な》くなったのは、その家族《かぞく》とパーティーに来《き》ていた客達《きゃくたち》12人《にん》…助《たす》け出《だ》されたのは今《いま》、話《はなし》に出《で》た小蓑《こみの》さんとメイドの住友《すみとも》さんと4人《にん》の客人《きゃくじん》って書《か》いてあるけど…」

「ひょっとしてその4人《にん》、さっきの乗客達《じょうきゃくたち》なんじゃねーか?」

小五郎《こごろう》がはっとして言《い》う。世良《せら》は、ネットの記事《きじ》に目《め》を走《はし》らせた。

「出火《しゅっか》の原因《げんいん》は電気系統《でんきけいとう》のトラブルらしいけど、はっきりとはつかめてないようだよ…」

「今回《こんかい》の殺《ころ》しがその火事《かじ》にからんだ復讐劇《ふくしゅうげき》なら…いよいよオリエント急行殺人事件《きゅうこうさつじんじけん》じみてきたじゃねーか!! こりゃーまたさっきの客達《きゃくたち》に話《はなし》を聞《き》いてみるか!」

小五郎《こごろう》が嬉《うれ》しそうに息巻《いきま》く。

「ねえ、電気《でんき》っていえばさー…何《なん》でA室《エーしつ》の電球《でんきゅう》が切《き》れてるのに交換《こうかん》しなかったの?」

コナンがなにげなく、車掌《しゃしょう》に質問《しつもん》した。

「この一等車《いっとうしゃ》の後《うし》ろは貨物車《かもつしゃ》で、いつもは予備《よび》の電球《でんきゅう》が置《お》いてあるはずなのに見《み》つからなかったんだ…」

「じゃあさ、発車前《はっしゃまえ》に色々点検《いろいろてんけん》するのって車掌《しゃしょう》さんなの?」

「あぁ…ちゃんと部屋《へや》の水《みず》が出《で》るかとか2、3人《にん》で…。そういえばこの車掌《しゃしょう》の制服《せいふく》も一着《いっちゃく》なくなったとかいってたなぁ…」

その時《とき》、コナンの上着《うわぎ》のポケットの中《なか》で、携帯電話《けいたいでんわ》が振動《しんどう》した。

真剣《しんけん》な様子《ようす》でメールを確認《かくにん》するコナンを、世良《せら》が後《うし》ろからのぞき込《こ》む。

「ん？　何《なに》か気《き》になる事《こと》でもあるのか？」

「あ、ううん…」

コナンは携帯《けいたい》をさっと背中《せなか》に隠《かく》すと、作《つく》り笑《わら》いでごまかした。

「ボクも火事《かじ》の記事《きじ》見《み》てたんだけどまだ何《なに》もわかんなくて…」

「まぁ、腹《はら》を据《す》えてかかろうぜ？　相手《あいて》の方《ほう》が焦《あせ》ってるはずだから…」

そう言《い》うと、世良《せら》はコナンの方《ほう》へ顔《かお》を近《ちか》づけ、声《こえ》を低《ひく》くした。

「時速《じそく》80キロで走《はし》る列車《れっしゃ》の中《なか》に、逃《に》げ場《ば》はどこにもないってね！」

「そ、そだね…」


灰原《はいばら》は、言《い》い知《し》れぬ不安《ふあん》に駆《か》られていた。

（まさか……この胸《むね》のざわめきの原因《げんいん》は……まさか彼《かれ》らが……）

ジンやウォッカ、ベルモットら、黒《くろ》ずくめの組織《そしき》の構成員《こうせいいん》たちの顔《かお》が脳裏《のうり》をよぎり、動悸《どうき》がますます激《はげ》しくなる。

(どうしよう…。もしも本当《ほんとう》に組織《かれら》が私《わたし》を狙《ねら》ってこの列車《れっしゃ》に乗《の》り込《こ》んでいるのなら…私《わたし》はもう…この場所《ばしょ》には…)

灰原《はいばら》がいる客室《きゃくしつ》には、蘭《らん》や園子《そのこ》、阿笠博士《あがさはかせ》、そして少年探偵団《しょうねんたんていだん》たちも一緒《いっしょ》にいる。

この状況《じょうきょう》で、もしも組織《そしき》に遭遇《そうぐう》したら——そう考《かんが》えただけで、震《ふる》えが止《と》まらない。

その時《とき》、灰原《はいばら》の携帯電話《けいたいでんわ》が着信《ちゃくしん》した。

(メール…知《し》らないアドレス…誰《だれ》?)

メールを開《ひら》いた灰原《はいばら》は、言葉《ことば》を失《うしな》った。

『覚悟《かくご》は決《き》まった? Vermouth《ベルモット》』

(べ、ベルモット!?)

「灰原《はいばら》さんメールですか?」

携帯《けいたい》を開《ひら》いている灰原《はいばら》に、光彦《みつひこ》が声《こえ》をかける。

「誰《だれ》から?」

「コナンからじゃねーか?」

歩美《あゆみ》と元太《げんた》に聞《き》かれ、灰原《はいばら》はあわてて、メールを閉《と》じた。

「いや、ただの広告《こうこく》メールよ…」

そう答《こた》えて、部屋《へや》を出《で》ていこうとする灰原《はいばら》に、阿笠博士《あがさはかせ》が声《こえ》をかける。

「あ、哀君《あいくん》、どこに行《い》くんじゃ？」

「トイレよ…風邪薬《かぜぐすり》も飲《の》むからちょっと長《なが》いかも…」

部屋《へや》を出《で》た灰原《はいばら》を心配《しんぱい》して、蘭《らん》が追《お》ってきたが、灰原《はいばら》は廊下《ろうか》の角《かど》に隠《かく》れてやりすごした。

ポケットから取《と》り出《だ》したのは、コナンや灰原《はいばら》を幼児化《ようじか》させた薬《くすり》・ＡＰＴＸ《アポトキシン》４８６９の解《げ》毒剤《どくざい》のタブレットだ。

頭《あたま》の中《なか》に、母《はは》の声《こえ》がよみがえる。誕生日《たんじょうび》の灰原《はいばら》に向《む》け、母《はは》が一年《いちねん》ずつ録音《ろくおん》したカセットテープに吹《ふ》きこまれていた音声《おんせい》だ。

『じゃあ次《つぎ》は19歳《さい》の誕生日《たんじょうび》に…バイバイ、またね…。あ、それと…そろそろあなたに言《い》ってもいい頃《ころ》かも…。実《じつ》はお母《かあ》さんね…今《いま》、とても恐《おそ》ろしい薬《くすり》を作《つく》ってるの…。ラボの仲間《なかま》は夢《ゆめ》のような薬《くすり》って浮《う》かれてるけど…父《とう》さんと母《かあ》さんは願《ねが》いを込《こ》めてこう呼《よ》んでるわ…。シルバーブレット…銀《ぎん》の弾丸《だんがん》ってね！　でもその薬《くすり》を完成《かんせい》させるには、父《とう》さんと母《かあ》さんはあなた達《たち》とお別《わか》れしなきゃいけないの…。わかってちょうだいね…志保《しほ》…』

母《はは》の言葉《ことば》を思《おも》い出《だ》し、灰原《はいばら》はうっすらと涙《なみだ》ぐんだ。

(ごめん　お母《かあ》さん…。私《わたし》…わかってなかった…。こんな薬《くすり》…作《つく》っちゃいけなかったって…でも…みんなを巻《ま》き添《ぞ》えにしない為《ため》にも…今《いま》はこの薬《くすり》に頼《たよ》るしか…)

その時《とき》、目《め》の前《まえ》にあった、列車《れっしゃ》の連結部《れんけつぶ》の扉《とびら》がゆっくりと開《あ》いた。

姿《すがた》を現《あらわ》したのは、沖矢昴《おきやすばる》だ。

なぜ、彼《かれ》がここに？　灰原《はいばら》の目《め》が、驚《おどろ》きに見開《みひら》かれる。

「さすがに姉妹《しまい》だな…行動《こうどう》が手《て》に取《と》るようにわかる…」

沖矢《おきや》は、携帯《けいたい》のカメラレンズを灰原《はいばら》に向《む》けると、ささやくように言《い》った。

「さぁ…来《き》てもらおうか…こちらのエリアに…」

(ダメ、今《いま》は…この姿《すがた》で殺《ころ》されるわけには…)

灰原《はいばら》が、沖矢《おきや》を振《ふ》り切《き》ろうと、走《はし》りだす。その後《うし》ろ姿《すがた》を、沖矢《おきや》は不敵《ふてき》に笑《わら》って、見送《みおく》った。


一方《いっぽう》、コナンと世良《せら》、小五郎《こごろう》は、改《あら》めて8号車《ごうしゃ》の乗客《じょうきゃく》たちのもとを訪《たず》ねていた。

彼《かれ》らは5年前《ねんまえ》の火事《かじ》の被害者《ひがいしゃ》たちなのではないかという前提《ぜんてい》のもと、再《ふたた》び証言《しょうげん》を求《もと》める。

今度《こんど》は部屋番号《へやばんごう》のアルファベット順《じゅん》にまわることにして、まずはA室《エーしつ》の能登《のと》を訪《たず》ねた。

5年前《ねんまえ》の火事《かじ》について聞《き》くと、能登《のと》は「それが私《わたし》とどんな関係《かんけい》があるというんだね？」と言葉《ことば》を濁《にご》した。

「しらばっくれても無駄《むだ》ですよ…さっき事件《じけん》のあった静岡県警《しずおかけんけい》に電話《でんわ》して確認《かくにん》しましたから…救助者《きゅうじょしゃ》の中《なか》にあなたの名前《なまえ》があるのを…。そうでしょ？　元自衛官《もとじえいかん》で火事《かじ》で亡《な》くなった資産家《しさんか》と剣友《けんゆう》だった能登泰策《のとたいさく》さん？」

小五郎《こごろう》に問《と》い詰《つ》められ、能登《のと》はしぶしぶといった様子《ようす》で認《みと》めた。

「あ、ああ…。このホオの傷《きず》もその時負《ときお》ったものだが…別《べつ》に隠《かく》していたわけじゃ…」

「そーいえば、最初《さいしょ》に会《あ》った時《とき》、肩《かた》に何《なに》か背負《しょ》ってましたよね？　あの中《なか》に密室《みっしつ》トリックの道具《どうぐ》が入《はい》ってたんじゃないんですか？」

「あ、あれはただの竹刀《しない》だよ!!　ホラ！　この後《あと》、名古屋《なごや》の友人《ゆうじん》と手合《てあ》わせする約束《やくそく》をしていたんだよ！」

そう言《い》って能登《のと》は、部屋《へや》から竹刀《しない》の入《はい》ったバッグを持《も》ってきて、小五郎《こごろう》に見《み》せた。

「じゃあちょっと廊下《ろうか》を走《はし》ってみてくれる？」

コナンに言《い》われ、「走《はし》る？」と能登《のと》が怪訝《けげん》そうな顔《かお》をする。

「ボク達《たち》、犯人《はんにん》が走《はし》り去《さ》る後《うし》ろ姿《すがた》を見《み》たかもしれないから…おじさんが走《はし》るトコ…ムービーに撮《と》らせてくれないかなぁ？」


能登《のと》が走《はし》る様子《ようす》を動画《どうが》におさめ、次《つぎ》にコナンたちが向《む》かったのは、安東《あんどう》のいるC室《シーしつ》だ。

安東《あんどう》は意外《いがい》なほどあっさりと、自分《じぶん》が火事《かじ》の被害者《ひがいしゃ》であることを認《みと》めた。

「いかにも…私《わたし》はあの火事《かじ》で室橋《むろばし》さんと一緒《いっしょ》に救助《きゅうじょ》された…安東《あんどう》ですが…それは聞《き》かれなかったから言《い》わなかっただけで…」

「それより、部屋《へや》の中《なか》にある大《おお》きな黒《くろ》いカバン…何《なん》なんだ？」

世良《せら》が安東《あんどう》の部屋《へや》をのぞき込《こ》んで聞《き》く。

「あれは鑑定《かんてい》を依頼《いらい》された絵《え》ですよ…残念《ざんねん》ながら贋作《がんさく》でしたけど…」

安東《あんどう》の了承《りょうしょう》を得《え》て、絵《え》を手《て》に取《と》った小五郎《こごろう》は、「かなり重《おも》いな…」と眉《まゆ》をひそめた。

「額縁《がくぶち》が純金《じゅんきん》なので…」

「ちなみに火事《かじ》で亡《な》くなった資産家《しさんか》とはどういう関係《かんけい》で？」

「あの方《かた》は名画《めいが》コレクターでしたので、数多《かずおお》くの絵画《かいが》を紹介《しょうかい》させて頂《いただ》きました…そのほとんどが火事《かじ》で焼《や》けてしまいましたが…」

「でもこんな重《おも》いの1人《り》で運《はこ》ぶなんて、おじさん体力《たいりょく》あるんだね！」

額縁《がくぶち》を手《て》に取《と》って、コナンが屈託《くったく》なく言《い》う。

「ま、まぁ…」

コナンは、能登《のと》と同《おな》じように安東《あんどう》にも「じゃあちょっと廊下《ろうか》を走《はし》ってみてよ！」と頼《たの》み、その姿《すがた》を動画《どうが》に撮影《さつえい》した。


安東《あんどう》の部屋《へや》の隣《となり》は、D室《ディーしつ》。小蓑《こみの》と住友《すみとも》がいる部屋《へや》だ。

「ええ…あの火事《かじ》の事《こと》は忘《わす》れられませんわ…」

火事《かじ》のことを聞《き》くと、小蓑《こみの》は暗《くら》い声《こえ》でそう答《こた》えた。

「あの火事《かじ》のせいでこの車《くるま》イスの世話《せわ》になっているのですから…」

「ホ――…では火事《かじ》で足《あし》にケガを……」

「ですから他《ほか》の皆《みな》さんのように廊下《ろうか》を走《はし》るなんて私《わたし》には…」

「でもメイドの住友《すみとも》さんなら走《はし》れるよね？」

コナンに言《い》われ、住友《すみとも》は「は、走《はし》ればいいんですか？」と、戸惑《とまど》いながらも、廊下《ろうか》を走《はし》ってみせてくれた。

「ねぇ！　メイドさん、結構《けっこう》走《はし》るの速《はや》いけど…何《なに》かスポーツとかやってたの？」

キセルに火《ひ》をつけていた小蓑《こみの》にコナンが聞《き》く。しかし、小蓑《こみの》からの返答《へんとう》はなかった。

「ねぇ答《こた》えてよ…おばあさん？」

コナンに畳《たた》みかけられても、小蓑《こみの》は答《こた》えず、沈黙《ちんもく》していた。


最後《さいご》に訪《たず》ねたのは、E室《イーしつ》の出波《いでなみ》の部屋《へや》だ。出波《いでなみ》はすっかりコナンたちを警戒《けいかい》していて、応対《おうたい》する時《とき》にも、チェーンロックを外《はず》してすらくれなかった。

「はぁ？　確《たし》かに私《わたし》はあの火事《かじ》で亡《な》くなった大金持《おおがねも》ちのお孫《まご》さんの婚約者《こんやくしゃ》で…あの業火《ごうか》の中《なか》、助《たす》け出《だ》されたのも事実《じじつ》だけど…だからって何《なん》で廊下《ろうか》を走《はし》ってみせなきゃいけないわけ？」

出波《いでなみ》はとげとげしい口調《くちょう》で、小《ちい》さく開《ひら》いた扉《とびら》の陰《かげ》から、小五郎《こごろう》をにらみつけた。

「一応念《いちおうねん》の為《ため》に…とにかくロックを外《はず》して部屋《へや》に入《い》れてくださいよ…」

「どうしても入《はい》りたいなら捜査令状《そうされいじょう》持《も》って来《き》なさいよ！」

「んな無茶《むちゃ》な…」

気《き》の強《つよ》い出波《いでなみ》に、小五郎《こごろう》が苦《にが》りきってつぶやく。

「じゃあさ、部屋《へや》で見《み》つけたっていうあの腕時計《うでどけい》、あれから鳴《な》ったりした？」

世良《せら》に聞《き》かれ、出波《いでなみ》は部屋《へや》の中《なか》へと視線《しせん》をやった。

「見《み》ての通《とお》り置《お》きっ放《ぱな》しにしてるけど鳴《な》ってないわ…」

「え？　どこ？」

と、コナンが首《くび》をかしげる。

「ホラ！　ソファーの上《うえ》に置《お》いてあるでしょ？」

出波《いでなみ》が指《ゆび》さすが、身長《しんちょう》の低《ひく》いコナンは、チェーンロックのわずかな隙間《すきま》からソファーを見《み》ることはできなかった。

（あれ？　待《ま》てよ…室橋《むろばし》さんの遺体《いたい》を見《み》つけた時《とき》…見《み》えたよな？　扉《とびら》の隙間《すきま》から…向《む》かいのソファーの弾痕《だんこん》が…）

出波《いでなみ》をなんとかなだめすかして廊下《ろうか》を走《はし》ってもらい、これで、小蓑《こみの》をのぞいた8号車《ごうしゃ》の乗客四人全員《じょうきゃくよにんぜんいん》の走《はし》る姿《すがた》を撮影《さつえい》することができた。この動画《どうが》に何《なん》の意味《いみ》があるのか知《し》らされていない小五郎《こごろう》は「ホントに意味《いみ》があるんだろーな？」と半信半疑《はんしんはんぎ》だが、コナンは何《なに》か閃《ひらめ》いている様子《ようす》だ。

「とりあえず、撮《と》ったムービーを子供達《こどもたち》にも見《み》せてくるよ！」

携帯電話《けいたいでんわ》を持《も》った世良《せら》が、7号車《ごうしゃ》へと走《はし》っていく。

そんな世良《せら》の姿《すがた》を、小《ちい》さく開《ひら》いた扉《とびら》の隙間《すきま》からこっそりとうかがう人影《ひとかげ》があった。

安室透《あむろとおる》だ。携帯電話《けいたいでんわ》を片手《かたて》に、探《さぐ》るような視線《しせん》を世良《せら》へとそそいでいる。

×××

安室《あむろ》の姿《すがた》には気《き》づかず、廊下《ろうか》を進《すす》む世良《せら》の目《め》の前《まえ》に、黒《くろ》ずくめの男《おとこ》が立《た》ちはだかった。

「誰《だれ》だ？　お前《まえ》…」

世良《せら》が、男《おとこ》に声《こえ》をかけるが、男《おとこ》は沈黙《ちんもく》したまま答《こた》えない。男《おとこ》はつばのあるハットを被《かぶ》り、顔《かお》も伏《ふ》せているため、人相《にんそう》をうかがうことができなかった。

「誰《だれ》だって聞《き》いてんだよ⁉」

世良《せら》が詰《つ》め寄《よ》ると、男《おとこ》は、フッ、とうっすら笑《わら》った。

「相変《あいか》わらずだな…真純《ますみ》…」

男《おとこ》が顔《かお》をあげる。ハットに隠《かく》れていた顔《かお》があらわになり、世良《せら》は息《いき》をのんだ。

「しゅ…秀兄《しゅうにい》…」

男《おとこ》の顔《かお》には、大《おお》きな火傷痕《やけどあと》がある。そしてその顔《かお》は、世良《せら》が探《さが》し求《もと》めていた兄《あに》、赤井秀《あかいしゅう》一《いち》のものだった。

「しゅ…秀兄《しゅうにい》？　本当《ほんとう》に秀兄《しゅうにい》なのか？　でも何《なん》で？　秀兄《しゅうにい》は死《し》んだって…」

動揺《どうよう》する世良《せら》の身体《からだ》を、ビリッとするどい衝撃《しょうげき》が突《つ》き抜《ぬ》けた。

一瞬《いっしゅん》で意識《いしき》を失《うしな》い、脱力《だつりょく》した世良《せら》の身体《からだ》を、赤井《あかい》の顔《かお》の男《おとこ》が受《う》け止《と》める。

「その答《こた》えが聞《き》きたかった…」

そうつぶやいた男《おとこ》の手《て》には、スタンガンが握《にぎ》られていた。

男《おとこ》は右手《みぎて》で携帯《けいたい》を操作《そうさ》して、何者《なにもの》かにメールを送信《そうしん》した。

――『障害《しょうがい》は排除《はいじょ》した。後《あと》は手筈通《てはずどお》りに』

×××

そのころ、小五郎《こごろう》とコナンは、8号車《ごうしゃ》の乗客《じょうきゃく》たちを廊下《ろうか》に集《あつ》めていた。

全員《ぜんいん》がそろったところで、コナンは、パシュ！　と腕時計型麻酔銃《うでどけいがたますいじゅう》で小五郎《こごろう》を眠《ねむ》らせた。

「ほみゃ……」

くずれおちた小五郎《こごろう》を手際《てぎわ》よく椅子《いす》に座《すわ》らせると、椅子《いす》の陰《かげ》に隠《かく》れ、コナンは蝶《ちょう》ネクタイ型変声機《がたへんせいき》のダイヤルを合《あ》わせた。

いつものように小五郎《こごろう》の音声《おんせい》で推理《すいり》を始《はじ》めようとしたところで、涼《すず》しげな声《こえ》が響《ひび》く。

「毛利先生《もうりせんせい》がそのポーズをとられたという事《こと》は…解《と》けたんですね？　この一等車《いっとうしゃ》のB室《ビーしつ》でチェーンロックがかけられた状態《じょうたい》で室橋《むろばし》さんが射殺《しゃさつ》されたという…密室殺人《みっしつさつじん》の真相《しんそう》が…」

どこからともなく姿《すがた》を現《あらわ》したのは、安室透《あむろとおる》だった。

「あなた誰《だれ》？」

出波《いでなみ》から不審《ふしん》げににらまれ、安室《あむろ》はにこやかに、屈託《くったく》のない笑顔《えがお》を返《かえ》した。

「毛利先生《もうりせんせい》の一番弟子《いちばんでし》の安室《あむろ》です！」

突然現《とつぜんあらわ》れた安室《あむろ》の企《たくら》みが気《き》にかかったコナンだが、今《いま》は真犯人《しんはんにん》の究明《きゅうめい》が最優先《さいゆうせん》だ。変声《へんせい》機《き》を口元《くちもと》にあて、推理《すいり》を披露《ひろう》しはじめる。

「そう…密室殺人《みっしつさつじん》…その謎《なぞ》は、出波《いでなみ》さんのE室《イーしつ》に二度目《にどめ》に訪《おとず》れた時《とき》に解《と》けました…」

「ちょっと何《なに》!? 私《わたし》が犯人《はんにん》だっていうわけ?」

いきなり出波《いでなみ》が小五郎《こごろう》に食《く》ってかかる。

「まだ犯人《はんにん》とは言《い》ってませんよ…」

と、コナンは冷静《れいせい》に答《こた》えた。

「チェーンロックをかけた扉越《とびらご》しにあなたの部屋《へや》の中《なか》を見《み》た時《とき》に気《き》づいたんです…チェーンロックがかかっていれば、どんなにのぞき込《こ》んでも…片側《かたがわ》のソファーはほとんど見《み》えないってね! …なのにコナンがB室《ビーしつ》で室橋《むろばし》さんの遺体《いたい》を見《み》つけた時《とき》…チェーンロックがかかっているにもかかわらず、右側《みぎがわ》のソファーが見《み》えたと言《い》っている…。なぜだと思《おも》います?」

「あ、あのボウヤが見間違《みまちが》えたんじゃないの?」

うろたえた声《こえ》を出《だ》す出波《いでなみ》に代《か》わり、安室《あむろ》が自信満々《じしんまんまん》に言《い》った。

「それは恐《おそ》らく…チェーンロックの鎖《くさり》の数《かず》が他《ほか》の部屋《へや》より1つ多《おお》かったからじゃないでしょうか? その分《ぶん》、扉《とびら》の隙間《すきま》が広《ひろ》がり、扉越《とびらご》しに見《み》える範囲《はんい》も広《ひろ》かったんですよ!」

「鎖《くさり》が1つ増《ふ》えたからって何《なに》か問題《もんだい》あるのかね？」

「大問題《だいもんだい》ですよ！　チェーンロックは通常《つうじょう》かかった状態《じょうたい》で外《そと》から扉《とびら》の隙間《すきま》に手《て》を入《い》れても外《はず》せない、ギリギリの長《なが》さに設定《せってい》されてますが…それが鎖《くさり》1つ分長《ぶんなが》かったとしたら…部屋《へや》を出《で》た後《あと》でも手《て》を入《い》れればロックをかける事《こと》はできますからね…」

安室《あむろ》の推理《すいり》を聞《き》いて、B室《ビーしつ》のチェーンロックの数《かず》を確《たし》かめに行《い》った車掌《しゃしょう》は「た、確《たし》かに6つです!!」とあわてた様子《ようす》で戻《もど》ってきた。

「他《ほか》の部屋《へや》は鎖《くさり》が5つなのに…このB室《ビーしつ》だけ切《き》れた鎖《くさり》を入《い》れると6つになってます!!」

「これで密室《みっしつ》は破《やぶ》れましたね…」

と、安室《あむろ》が満足《まんぞく》げに言《い》う。

密室《みっしつ》のカラクリは明《あき》らかになった。

しかし、犯人《はんにん》は、B室《ビーしつ》の鎖《くさり》を一《ひと》つ増《ふ》やす作業《さぎょう》を、一体《いったい》いつやったのだろうか。

「でも戸口《とぐち》で誰《だれ》かがゴソゴソやってたら車掌《しゃしょう》さんが気《き》づくんじゃありません？」

住友《すみとも》が、ずっと廊下《ろうか》にいたはずの車掌《しゃしょう》をちらりと見《み》やる。

「扉越《とびらご》しにこっちをチラチラのぞいていた人《ひと》は見《み》たんですが……」

車掌《しゃしょう》の答《こた》えに、能登《のと》が「おい！　そいつは誰《だれ》なんだ!?」と、食《く》ってかかった。

「遠《とお》くてよく見《み》えなくて…トンネル内《ない》で薄暗《うすぐら》かったですし…」

「じゃあ犯人《はんにん》はその人《ひと》で、別《べつ》の車両《しゃりょう》に逃《に》げてしまったんですよ！」

安東《あんどう》が断《だん》じると、「確《たし》かに、外部犯《がいぶはん》かも…」と出波《いでなみ》も同意《どうい》した。

「私達《わたしたち》と顔見知《かおみし》りの車掌《しゃしょう》が廊下《ろうか》にいたのに、見《み》られるリスクを負《お》ってそんな犯行《はんこう》をする人《ひと》はこの一等車《いっとうしゃ》にはいないでしょうし…」

「だがそのリスク…この音《おと》で解消《かいしょう》されるとしたらどうですか？」

コナンが言《い》うと同時《どうじ》に、リンリン、リンリン、とどこからともなく鈴《すず》のような音《おと》が聞《き》こえてきた。

「こ、これは呼《よ》び鈴《りん》の音《おと》…」

音《おと》の出所《でどころ》を探《さが》して、みんながきょろきょろと車両《しゃりょう》の中《なか》を見回《みまわ》す。

すると、コナンが「ボクだよ！」と、ひょっこりと姿《すがた》を現《あらわ》した。手《て》には、スマートフォンを持《も》っている。

「さっきB室《ビーしつ》のベルを鳴《な》らして携帯《けいたい》に録音《ろくおん》した音《おと》を再生《さいせい》したんだよ！　車掌《しゃしょう》さんはこの音《おと》がしたのにどの部屋《へや》のランプもついていないからA室《エーしつ》に行《い》ったんだよね？」

「ああ…A室《エーしつ》のランプの電球《でんきゅう》が切《き》れてて『呼《よ》んでるのに何《なん》で来《こ》ない？』って能登《のと》さんに怒《おこ》

られてたから…てっきり呼《よ》んでるのは能登《のと》さんだと思《おも》って…」

「それでA室《エーしつ》の戸口《とぐち》で能登《のと》さんと車掌《しゃしょう》さんが言《い》い争《あらそ》っている様子《ようす》を、B室《ビーしつ》の室橋《むろばし》さんが扉《とびら》を開《あ》けてのぞいてたんでしょ？」

「あ、ああ…誰《だれ》かと電話《でんわ》しながら…」

「なるほど…」

安室《あむろ》が低《ひく》い声《こえ》でつぶやいた。

「その時《とき》ですね？　犯人《はんにん》がB室《ビーしつ》に入《はい》ったのは…。この列車《れっしゃ》の廊下《ろうか》は部屋《へや》の扉《とびら》を開《あ》けたらほぼふさがれるぐらい狭《せま》い…。B室《ビーしつ》の扉《とびら》が開《ひら》いてたらその扉《とびら》の向《む》こうからやって来《く》る犯人《はんにん》の姿《すがた》は、ベルの音《おと》でA室《エーしつ》の前《まえ》に来《こ》させた車掌《しゃしょう》さんには見《み》えませんから…」

「ええ…犯人《はんにん》が電話《でんわ》で室橋《むろばし》さんに『部屋《へや》の外《そと》が騒《さわ》がしいけど何《なに》かあったのか？』とでも言《い》ったんでしょう…。しかもそれはトンネル内《ない》での出来事《できごと》…。犯人《はんにん》は列車《れっしゃ》がトンネルに入《はい》る直前《ちょくぜん》に室橋《むろばし》さんに電話《でんわ》し、部屋《へや》の外《そと》の様子《ようす》をうかがわせれば…その最中《さいちゅう》に電話相手《でんわあいて》の犯人《はんにん》が部屋《へや》を出《で》てB室《ビーしつ》に近《ちか》づいて来《き》ても…トンネルに入《はい》って通話《つうわ》できなくなったから話《はなし》の続《つづ》きは部屋《へや》の中《なか》でという状況《じょうきょう》にもなりますしね…」

この推理《すいり》に基《もと》づけば、A室《エーしつ》の能登《のと》は犯人《はんにん》ではないということになる。

真《ま》っ先《さき》に容疑者《ようぎしゃ》から外《はず》れた能登《のと》は、ほっとした様子《ようす》で「しかし犯人《はんにん》は室橋《むろばし》さんと何《なん》の話《はなし》を？」と聞《き》いた。

「毎年《まいとし》このミステリートレイン内《ない》で行《おこな》われてる推理《すいり》クイズの相談《そうだん》ですよ…。犯人《はんにん》は偽《にせ》の指《し》示《じ》カードで室橋《むろばし》さんが被害者役《ひがいしゃやく》、犯人《はんにん》が犯人役《はんにんやく》、そしてこの一等車《いっとうしゃ》のB室《ビーしつ》にいた私《わたし》の娘達《むすめたち》が共犯者役《きょうはんしゃやく》に選《えら》ばれたと偽《いつわ》り…死体消失《したいしょうしつ》トリックの為《ため》だからといって、7号車《ごうしゃ》のB室《ビーしつ》にいた室橋《むろばし》さんと娘達《むすめたち》の部屋《へや》を交換《こうかん》させてますので…」

乗車前《じょうしゃまえ》、室橋《むろばし》は、自分《じぶん》の予約《よやく》した客室《きゃくしつ》が変更《へんこう》になったことについて車掌《しゃしょう》に不満《ふまん》をもらしていた。このトリックは、一等車《いっとうしゃ》のB室《ビーしつ》に室橋《むろばし》がいなければ成立《せいりつ》しない。だから犯人《はんにん》は、あの指示《しじ》カードを出《だ》して園子《そのこ》たちと室橋《むろばし》に部屋《へや》を交換《こうかん》させ、室橋《むろばし》を8号車《ごうしゃ》のB室《ビーしつ》で待機《たいき》させたのだろう。

「それで？　犯人《はんにん》が室橋《むろばし》さんを移動《いどう》させたB室《ビーしつ》に入《はい》った所《ところ》まではわかったが…いつ出《で》て来《き》たんだね？」

能登《のと》が小五郎《こごろう》に聞《き》く。

「そうよ！　B室《ビーしつ》に入《はい》った直後《ちょくご》に殺《ころ》してすぐに部屋《へや》から出《で》たんなら…A室《エーしつ》の前《まえ》にいた車掌《しゃしょう》が見《み》てるはずよね？」

「でも見《み》ていない…。となると怪《あや》しいのは、やはり車掌《しゃしょう》さんが見《み》た扉越《とびらご》しにのぞいていた人物《じんぶつ》ですね…」

出波《いでなみ》と安東《あんどう》も、口々《くちぐち》に小五郎《こごろう》に詰《つ》め寄《よ》った。

「それ、どこの扉《とびら》?」

出波《いでなみ》が車掌《しゃしょう》に聞《き》く。

「廊下《ろうか》の一番向《いちばんむ》こうの扉《とびら》でした…。E室《イーしつ》の前《まえ》にいる時《とき》に見《み》ましたから、能登《のと》さんのA室《エーしつ》だったかと…」

「おいおい、いい加減《かげん》な事《こと》を言《い》うんじゃないよ!!」

不審人物《ふしんじんぶつ》にされそうになって、能登《のと》があわてた声《こえ》をあげる。

「その、のぞいていた不審人物《ふしんじんぶつ》の正体《しょうたい》ならわかりますよ…」

「え?」と能登《のと》がつぶやいて、小五郎《こごろう》を見《み》る。

コナンは、不審《ふしん》な人影《ひとかげ》の正体《しょうたい》を告《つ》げた。

「それは車掌《しゃしょう》さん…あんただよ!!」

「ぼ、僕《ぼく》が不審人物《ふしんじんぶつ》!? 犯人《はんにん》なんですかぁ?」

車掌《しゃしょう》が自分《じぶん》のことを指《ゆび》さし、目《め》をむくと、安室《あむろ》が「いや…」と冷静《れいせい》に口《くち》をはさんだ。

「車掌《しゃしょう》さんが見《み》たのはE室《イーしつ》の扉《とびら》とその前《まえ》にいた自分自身《じぶんじしん》の姿《すがた》…鏡《かがみ》ですね？」

「その通《とお》り！　犯人《はんにん》は自分《じぶん》の部屋《へや》の扉《とびら》の内側全体《うちがわぜんたい》に鏡《かがみ》を貼《は》っておき…車掌《しゃしょう》さんが出波《いでなみ》さんに呼《よ》ばれてE室《イーしつ》の前《まえ》にいる時《とき》にその扉《とびら》を開《あ》けて…犯行《はんこう》を終《お》えてB室《ビーしつ》から出《で》て来《く》る自分《じぶん》の姿《すがた》を見《み》えないようにしたんだ…」

コナンが言《い》うと、出波《いでなみ》が困惑《こんわく》したように聞《き》いた。

「で、でも犯人《はんにん》はその時《とき》、B室《ビーしつ》にいたんなら、どうやって自分《じぶん》の部屋《へや》の扉《とびら》を開《あ》けたのよ？」

「扉《とびら》のノブに釣《つ》り糸《いと》を結《むす》んで廊下《ろうか》の窓《まど》のテスリに通《とお》し…それをB室《ビーしつ》に引《ひ》き込《こ》んで頃合《ころあ》いを見計《みはか》らって引《ひ》っぱって開《あ》けたんです…」

コナンの答《こた》えに、みんなが納得《なっとく》する。

確《たし》かに、自分《じぶん》の部屋《へや》の扉《とびら》のノブに釣《つ》り糸《いと》を結《むす》んでおけば、B室《ビーしつ》にいながらにして、自分《じぶん》の部屋《へや》の扉《とびら》を開《あ》けることができる。しかし、鏡《かがみ》の反射《はんしゃ》を利用《りよう》して車掌《しゃしょう》の目《め》をあざむくこのトリックは、車掌《しゃしょう》と犯人《はんにん》の部屋《へや》との位置関係《いちかんけい》がなにより重要《じゅうよう》になるはずだ。

「そう…このトリックは鏡《かがみ》の位置《いち》が遠《とお》くても近《ちか》くてもバレてしまう…。となるとABCD《エービーシーディー》E《イー》とある部屋《へや》の丁度真《ちょうどま》ん中《なか》のC室《シーしつ》の乗客《じょうきゃく》である…安東《あんどう》さん…あなたにしかできないんですよ！」

コナンに名指《なざ》しされ、安東《あんどう》の身体《からだ》がびくりと震《ふる》えた。


C室《シーしつ》の安東《あんどう》が、この事件《じけん》の真犯人《しんはんにん》――。

自身《じしん》のトリックを江戸川《えどがわ》コナンに解《と》き明《あ》かされた安東《あんどう》は、しばらく唇《くちびる》を噛《か》んで呆然《ぼうぜん》としていたが、やがて我《われ》に返《かえ》ったように反論《はんろん》した。

「か、鏡《かがみ》って…扉《とびら》を覆《おお》えるような大《おお》きな鏡《かがみ》をどうやって私《わたし》がこの列車内《れっしゃない》に持《も》ち込《こ》んだって言《い》うんですか!?」

「あなたが鑑定《かんてい》を依頼《いらい》されたというあの絵《え》…あの絵《え》のカンバスとカンバスの間《あいだ》に鏡《かがみ》を3枚《まい》程《ほど》仕込《しこ》んでいれば…丁度《ちょうど》ここの扉《とびら》を覆《おお》えそうですが…。あの絵《え》…かなり重《おも》かったですし…」

「あ、あれは額《がく》が純金《じゅんきん》で…」

「いや…額《がく》は木製《もくせい》で金《きん》メッキ…重《おも》いのは絵《え》の方《ほう》…」

しどろもどろに言《い》い訳《わけ》しようとした安東《あんどう》をさえぎって、安室《あむろ》が告《つ》げた。いつの間《ま》に安東《あんどう》の部屋《へや》に入《はい》ったのか、例《れい》の絵《え》を持《も》っている。

安室《あむろ》は手袋《てぶくろ》をはめた手《て》で、手際《てぎわ》よく絵《え》を額縁《がくぶち》から外《はず》した。それから、鋲止《びょうど》めを一《ひと》つずつ外《はず》して、カンバスから布地《ぬのじ》を取《と》り去《さ》る。

すると、本来木枠《ほんらいきわく》があるはずの場所《ばしょ》から現《あらわ》れたのは、別《べつ》のものだった。

「中身《なかみ》は先生《せんせい》の言《い》う通《とお》り…3枚《まい》の鏡《かがみ》！」

三枚《さんまい》のうち、一枚《いちまい》の鏡《かがみ》の中心《ちゅうしん》あたりに、ベージュ色《いろ》の絵《え》の具《ぐ》がぽつりと円形《えんけい》に塗《ぬ》られている。

「その1枚《まい》に扉《とびら》と同《おな》じベージュの絵《え》の具《ぐ》が塗《ぬ》ってある所《ところ》を見《み》ると…鏡《かがみ》だと気《き》づかせない為《ため》に工夫《くふう》したようですね…。そのままだとE《イー》室《しつ》の表示《ひょうじ》が鏡《かがみ》に映《うつ》り込《こ》んでしまいますから…」

トリックはすべて解《と》けた。

言葉《ことば》を失《うしな》い立《た》ち尽《つ》くす安東《あんどう》に、コナンがたたみかける。

「さあ、その3枚《まい》の鏡《かがみ》…どう説明《せつめい》されますか？　まさか鑑定前《かんていまえ》から仕込《しこ》まれていた物《もの》で、絵《え》の異様《いよう》な重《おも》さに気《き》づかなかったなんて言《い》わないでくださいよ？　なんならその絵《え》の鑑定《かんてい》を依頼《いらい》してきたクライアントに聞《き》いてもいい…。そんな人《ひと》が本当《ほんとう》にいればの話《はなし》ですがね？」

安東《あんどう》は、反論《はんろん》のすべもなく、がっくりとうなだれた。

車掌《しゃしょう》が話《はな》していた、一着足《いっちゃくた》りなくなっていた制服《せいふく》。あれを盗《ぬす》んだのも、安東《あんどう》だったのだろう。その制服《せいふく》を着《き》て乗車前《じょうしゃまえ》の点検《てんけん》に紛《まぎ》れ込《こ》めば、犯行現場《はんこうげんば》のB室《ビーしつ》のチェーンロックの鎖《くさり》を一《ひと》つ増《ふ》やす事《こと》も、能登《のと》のA室《エーしつ》のランプの電球《でんきゅう》を切《き》れた物《もの》と交換《こうかん》することも、リモコンでアラームが鳴《な》る腕時計《うでどけい》を出波《いでなみ》のE室《イーしつ》に隠《かく》すことも可能《かのう》だ。さらに、出波《いでなみ》がE室《イーしつ》の前《まえ》で車掌《しゃしょう》と口論《こうろん》している時《とき》に再《ふたた》びアラームを鳴《な》らして注意《ちゅうい》を逸《そ》らせば、犯行《はんこう》を終《お》えてB室《ビーしつ》にひそんでいた安東《あんどう》が釣《つ》り糸《いと》を引《ひ》っぱって、鏡張《かがみば》りにしたC室《シーしつ》の扉《とびら》を開《あ》けても気《き》づかれない。

安東《あんどう》は、その鏡張《かがみば》りの扉《とびら》の陰《かげ》でB室《ビーしつ》のチェーンロックをかけた後《あと》、まるで自分《じぶん》の部屋《へや》から出《で》て来《き》たかのように鏡張《かがみば》りの扉《とびら》を一気《いっき》に閉《し》めて出波達《いでなみたち》に近《ちか》づいて行《い》った。そうすることで、車掌《しゃしょう》がずっと廊下《ろうか》にいたのにもかかわらず、犯行現場《はんこうげんば》のB室《ビーしつ》に出入《でい》りした人物《じんぶつ》を誰《だれ》も目撃《もくげき》していないという状況《じょうきょう》が出来《でき》あがったのだ。

コナンと安室《あむろ》が、事件《じけん》の真相《しんそう》を白日《はくじつ》の下《もと》に晒《さら》していた、そのころ――

別《べつ》の車両《しゃりょう》では、赤井秀一《あかいしゅういち》の顔《かお》をした男《おとこ》が、トランクケースを窓《まど》の外《そと》へと蹴《け》り出《だ》していた。

走《はし》る列車《れっしゃ》の窓《まど》から飛《と》び出《だ》したトランクは、地面《じめん》で数度《すうど》バウンドして、すぐに見《み》えなくなった。

「あら、随分《ずいぶん》じゃない？」

背後《はいご》から声《こえ》をかけられ、男《おとこ》が振《ふ》り返《かえ》る。

そこに立《た》っていたのは、工藤新一《くどうしんいち》の母《はは》、工藤有希子《くどうゆきこ》だった。

「お気《き》に入《い》りだったのよ？　あのトランクに入《い》れてたワンピ…」

トランクを捨《す》てる現場《げんば》を見《み》られたにもかかわらず、男《おとこ》は特《とく》にあわてた様子《ようす》もなく、自分《じぶん》の顔《かお》の皮膚《ひふ》に手《て》をかけた。ビッ、と何《なに》かが破《やぶ》けるような音《おと》がする。

「ねぇ…もうこんな事止《ことや》めたら？　シャロン？」

有希子《ゆきこ》の言葉通《ことばどお》り——赤井秀一《あかいしゅういち》のマスクの下《した》から現《あらわ》れた顔《かお》は、シャロン・ヴィンヤードのものだった。

シャロンと有希子《ゆきこ》は昔《むかし》からの女優仲間《じょゆうなかま》。有名《ゆうめい》な日本《にっぽん》の奇術師《きじゅつし》のもとに、同《おな》じ時期《じき》に弟子《でし》入《い》りして、一緒《いっしょ》に変装術《へんそうじゅつ》を教《おそ》わったことがある。シャロンは有希子《ゆきこ》よりずっと年上《としうえ》のはずなのだが、目《め》の前《まえ》にいるシャロンの顔《かお》は、若《わか》いままだった。

「意外《いがい》ね…あのボウヤが組織との争《あらそ》いに…母親《ははおや》の貴方《あなた》を巻《ま》き込《こ》むとは…」

そう言《い》うと、シャロン——ベルモットは、ウィッグのついた帽子《ぼうし》を脱《ぬ》いだ。美《うつく》しいブロンドの髪《かみ》が現《あらわ》れる。

「自分《じぶん》で買《か》って出《で》たのよ…相手《あいて》が銀幕《ぎんまく》のスターなら、日本《にっぽん》の伝説的女優《でんせつてきじょゆう》である私《わたし》をキャスティングしなさいってね！　でも残念《ざんねん》だわ…年《とし》を食《く》っても輝《かがや》き続《つづ》けるメイクの仕方《しかた》をいつか教《おそ》わろうと思《おも》ってたのに、それがあなたの素顔《すがお》？　大女優《だいじょゆう》シャロン・ヴィンヤードはただの老《ふ》けメイクだったなんて…」

「あら…結構辛《けっこうつら》いのよ？　顔《かお》だけじゃなく普段《ふだん》から老《ふ》けたフリをするのって…」

ベルモットの口調《くちょう》は、どこか楽《たの》しげだ。頭《あたま》の後《うし》ろで束《たば》ねた髪《かみ》をほどくと、ゆるいウェーブのかかったロングヘアが背中《せなか》にかかった。プチ、と胸元《むなもと》のボタンを押《お》すと、身体《からだ》の周囲《しゅうい》にまとったエアバッグから空気《くうき》が抜《ぬ》け、本来《ほんらい》の女性《じょせい》の体《からだ》つきに戻《もど》る。

「それより、廊下《ろうか》でスレ違《ちが》った時《とき》の貴方《あなた》のあの言葉《ことば》…『私達《わたしたち》があなたを出《だ》し抜《ぬ》いたら…今度《こんど》こそ彼女《かのじょ》から手《て》を引《ひ》いてくれるわよね…』。あれ…どういう意味《いみ》？」

「言葉通《ことばどお》りの意味《いみ》よ…新《しん》ちゃん曰《いわ》く、哀《あい》ちゃんはもうこっち側《がわ》の人間《にんげん》だから…」

「バカね…」

ベルモットは妖艶《ようえん》に微笑《びしょう》した。

「出《だ》し抜《ぬ》けるとでも思《おも》ってるの？」

「知《し》ってた？　現在《げんざい》、新《しん》ちゃんチームが一歩《いっぽ》リードしてるのよ？」

「リード？」

片眉《かたまゆ》をあげたベルモットを、有希子《ゆきこ》はいたずらっぽく見《み》つめ返《かえ》した。

「あなたの部屋《へや》で気《き》を失《うしな》って寝《ね》かされてた世良《せら》っていう女《おんな》の子《こ》…もう元《もと》の彼女《かのじょ》の部屋《へや》に運《はこ》んでおいたしー…」

「あら…仕事《しごと》が早《はや》いじゃない…。でも変《へん》ねぇ…ボウヤは今《いま》、推理《すいり》ショー中《ちゅう》…。他《ほか》に助《すけ》っ人《と》でもいるのかしら？」

余裕《よゆう》を見《み》せるベルモットに、有希子《ゆきこ》はぱちんとウィンクを返《かえ》してみせた。

「さぁ…どうかな？　こっちにはスペシャルゲストがいるかもしれないわよん♡」

×　×　×

眠《ねむ》る世良《せら》を、彼女《かのじょ》の部屋《へや》へと運《はこ》んだのは、沖矢昴《おきやすばる》だった。

横長《よこなが》のシートに世良《せら》を横《よこ》たわらせた沖矢《おきや》は、その寝顔《ねがお》をしばし見《み》つめた。

「しゅ…秀兄《しゅうにい》…」

世良《せら》の寝言《ねごと》を聞《き》いて、薄《うす》ら笑《わら》うと、沖矢《おきや》はその場《ば》から音《おと》もなく立《た》ち去《さ》っていった。

×　×　×

8号車《ごうしゃ》で行《おこな》われていたコナンと安室《あむろ》による推理《すいり》ショーは、幕引《まくひ》き間近《まぢか》だった。

コナンと安室《あむろ》の推理《すいり》に追《お》い詰《つ》められ、言《い》い逃《のが》れのすべをなくした安東《あんどう》は、呆《ほう》けたようにうつむいて、立《た》ち尽《つ》くしていた。

「でもどうして安東《あんどう》さんが室橋《むろばし》さんを？」

「5年前《ねんまえ》の大火事《おおかじ》で共《とも》に助《たす》け出《だ》された仲《なか》だったんじゃ？」

出波《いでなみ》と能登《のと》が、訳《わけ》がわからないという顔《かお》で安東《あんどう》を見《み》る。

「ええ…2年前《ねんまえ》まではそう思《おも》っていましたよ…」

安東《あんどう》は絞《しぼ》りだすように答《こた》えた。

「絵画《かいが》のオークションに、あの火事《かじ》で焼失《しょうしつ》したはずの絵《え》が出品《しゅっぴん》されるまではね…。その絵《え》の持《も》ち主《ぬし》をさかのぼって調《しら》べたら、最後《さいご》に室橋《むろばし》の名《な》に辿《たど》りついたというわけです…」

「なるほど…室橋《むろばし》さんは屋敷《やしき》から絵《え》を盗《ぬす》み…盗《ぬす》まれた事《こと》を隠《かく》すために屋敷《やしき》に火《ひ》を放《はな》ったんですね？　大勢《おおぜい》の被害者《ひがいしゃ》を巻《ま》き込《こ》んで…」

察《さっ》しのいい安室《あむろ》の言葉《ことば》に、安東《あんどう》が「ええ…」とうなずく。

「室橋《むろばし》は殺《ころ》される前《まえ》に言《い》ってました…あんなに死人《しにん》が出《で》るとは思《おも》わなかったってね…。あの男《おとこ》がもしも我々《われわれ》と同《おな》じく火事《かじ》で亡《な》くなった方々《かたがた》を…このベルツリー急行《きゅうこう》の一等車《いっとうしゃ》に乗《の》るはずだったあの一家《いっか》を弔《とむら》う為《ため》に毎年乗車《まいとしじょうしゃ》していたのなら…自首《じしゅ》を勧《すす》めるつもりでしたが…」

安東《あんどう》の目《め》には、うっすらと涙《なみだ》が浮《う》かんでいた。

「偽《にせ》の推理《すいり》クイズの被害者役《ひがいしゃやく》の話《はなし》を持《も》ち掛《か》け、探偵役《たんていやく》の子供達《こどもたち》を待《ま》ってる時《とき》…あの男《おとこ》…こう言《い》ったんですよ！　『やっぱこういうの興奮《こうふん》するなぁ！　生《い》きてるって実感《じっかん》できるっていうか…煙《けむり》に巻《ま》かれて命《いのち》からがら救出《きゅうしゅつ》されたあの火事《かじ》を思《おも》い出《だ》さないか？』って…頬《ほお》を紅潮《こうちょう》させ…嬉々《きき》としてそう言《い》ったんですよ!!　あの火事《かじ》で私《わたし》の妻《つま》が…煙《けむり》に巻《ま》かれて死《し》んだっていうのに…」

言葉《ことば》を詰《つ》まらせた安東《あんどう》の目《め》から、とうとう涙《なみだ》があふれた。

「有希子《ゆきこ》…組織《わたしたち》を煙《けむ》に巻《ま》きたいようだけど…貴方達《あなたたち》に勝《か》ち目《め》は…」

言《い》いかけたベルモットの言葉《ことば》を、有希子《ゆきこ》は「大《おお》ありよ！」と明《あか》るくさえぎった。

「だって新《しん》ちゃん、シャロンの弱《よわ》みつかんじゃったもの…」

「もしかして貴方《あなた》が私《わたし》の友人《ゆうじん》だから手《て》が出《だ》せないとでも？」

と、ベルモットが小首《こくび》をかしげる。

「シャロンの仲間《なかま》、知《し》らないんじゃない？　新《しん》ちゃんやあの子《こ》が薬《くすり》で幼児化《ようじか》してるって事《こと》…捜索対象《そうさくたいしょう》を小学生《しょうがくせい》に絞《しぼ》れば見《み》つけるのは時間《じかん》の問題《もんだい》なのに…。新《しん》ちゃん、言《い》ってたわよ…薬《くすり》で幼児化《ようじか》してる事《こと》を隠《かく》す理由《りゆう》があなたに何《なに》かあるんじゃないかってね…」

「有希子《ゆきこ》、そこまでよ…」

ベルモットは銃《じゅう》を取《と》り出《だ》し、有希子《ゆきこ》に突《つ》き付《つ》けた。

「手《て》を引《ひ》きなさい!!　貴方《あなた》のふざけた作戦《さくせん》ならもう読《よ》めているんだから!!」

「さ、作戦《さくせん》？　何《なん》の事《こと》？」

軽《かる》く両手《りょうて》を上《あ》げた有希子《ゆきこ》が、ごまかすように笑《わら》う。

「彼女《かのじょ》が列車内《れっしゃない》で組織《わたしたち》の存在《そんざい》に気《き》づけば、彼女《かのじょ》の取《と》る行動《こうどう》はたった1つ…あの薬《くすり》の解毒薬《げどくやく》を飲《の》んで元《もと》の姿《すがた》に戻《もど》る事《こと》…もしも幼児化《ようじか》したままの姿《すがた》で殺《ころ》され、遺体《いたい》が車内《しゃない》から発見《はっけん》されたら…彼女《かのじょ》の友達《ともだち》のあの子供達《こどもたち》が泣《な》いて騒《さわ》ぎ立《た》て、仮《かり》に私《わたし》が黙《だま》っていても組織《そしき》の目《め》に止《と》まり、否《いや》が応《おう》でも巻《ま》き込《こ》んでしまう…」

友達《ともだち》の子供《こども》たちとは、元太《げんた》、光彦《みつひこ》、そして歩美《あゆみ》のことだろう。灰原《はいばら》が殺《ころ》されたとなれば、その三人《さんにん》は当然大騒《とうぜんおおさわ》ぎするはずだ。

「すでに列車内《れっしゃない》で殺人《さつじん》が起《お》きた上《うえ》に行方不明者《ゆくえふめいしゃ》も出《で》たとなると…下車《げしゃ》する際《さい》に全乗客《ぜんじょうきゃく》の荷物《にもつ》は入念《にゅうねん》なチェックを受《う》けるのは必至《ひっし》…。いくら組織《わたしたち》でも遺体《いたい》を持《も》ち去《さ》れず放置《ほうち》せざるを得《え》ないから…その点《てん》、元《もと》の姿《すがた》に戻《もど》れば殺《ころ》されたとしても…子供達《こどもたち》にとっては、姿《すがた》を消《け》した彼女《かのじょ》の方《ほう》が心配《しんぱい》でそれどころじゃなくなり、組織《そしき》の視界《しかい》から外《はず》れる可能性《かのうせい》もある…」

ベルモットはそこで一度言葉《いちどことば》を切《き》り、勝《か》ち誇《ほこ》ったように微笑《ほほえ》んだ。

「そう…貴方《あなた》は、きっと彼女《かのじょ》ならそう出《で》ると予想《よそう》して薬《くすり》を飲《の》む前《まえ》に彼女《かのじょ》を保護《ほご》し、元《もと》の彼女《かのじょ》の姿《すがた》に変装《へんそう》した貴方《あなた》が我々《われわれ》の前《まえ》に姿《すがた》を現《あらわ》し、殺《ころ》されたフリでもして組織《そしき》の目《め》を欺《あざむ》く算段《さんだん》だったって所《ところ》かしら？　この列車《れっしゃ》に組織《わたしたち》が乗《の》り込《こ》む情報《じょうほう》をどうやって貴方《あなた》が入手《にゅうしゅ》したかは知《し》らないけど…この貴方《あなた》の部屋《へや》に彼女《かのじょ》が匿《かくま》われていないって事《こと》は…どうやらまだ彼女《かのじょ》を保護《ほご》できていないようね…」

「な、何言《なにい》ってるの？」

有希子《ゆきこ》は銃口《じゅうこう》から逃《に》げるように、そろそろと右《みぎ》の方《ほう》へにじり寄《よ》った。ドアの隣《となり》に作《つく》りつけられていた洗面台《せんめんだい》を背《せ》にして、立《た》ち止《ど》まる。

「さっきシャロンが窓《まど》から捨《す》てた私《わたし》のトランク…な、中身見《なかみみ》たでしょ？　あの中《なか》に変装道具《へんそうどうぐ》なんて入《はい》ってた？」

「悪《わる》いわね…トランクの前《まえ》に処分《しょぶん》させてもらったわ…」

力強《ちからづよ》く言《い》うと、ベルモットは、有希子《ゆきこ》の背後《はいご》にある洗面台《せんめんだい》の扉《とびら》にガッと手《て》をかけた。

「この洗面台《せんめんだい》の中《なか》に隠《かく》してあった変装道具《へんそうどうぐ》も!!　血《ち》ノリの仕掛《しか》け付《つ》きの防弾《ぼうだん》ジャケットもね!!」

「で、でもシャロンもあの子《こ》を見《み》つけてないならまだ五分五分《ごぶごぶ》じゃない…」

「No problem…《ご心配なく…》」

ベルモットは目《め》を細《ほそ》めると、スマートフォンを取《と》り出《だ》した。

「彼女《かのじょ》を炙《あぶ》り出《だ》す準備《じゅんび》なら…もう整《ととの》ってるわ…」

ベルモットがスマートフォンを操作《そうさ》する。

すると、8号車B室《ごうしゃビーしつ》にある室橋《むろばし》の遺体《いたい》の脇《わき》に設置《せっち》された発煙筒《はつえんとう》が作動《さどう》した。

室橋《むろばし》の遺体《いたい》がある、8号車B室《ごうしゃビーしつ》の前《まえ》の廊下《ろうか》では、安東《あんどう》が罪《つみ》を認《みと》めて泣《な》き崩《くず》れていた。

「だから…私《わたし》は…私《わたし》は…」

「安東《あんどう》さん…後《あと》は警察《けいさつ》で…」

安東《あんどう》の肩《かた》を、同情《どうじょう》した面持《おもも》ちで能登《のと》が抱《だ》く。

そのとき、B室《ビーしつ》で作動《さどう》した発煙筒《はつえんとう》から立《た》ちあがった煙《けむり》が、あっという間《ま》に廊下《ろうか》にまであふれてきた。

「ちょ、ちょっと何《なん》なの？ この煙《けむり》…」

煙《けむり》に気《き》づいた出波《いでなみ》が、不安《ふあん》そうな声《こえ》をあげる。

B室《ビーしつ》の扉《とびら》を開《あ》けた安室《あむろ》は、「か、火事《かじ》!?」とすかさず叫《さけ》んだ。

「火事《かじ》だ!! 皆《みな》さん 前《まえ》の車両《しゃりょう》に避難《ひなん》してください!!」

安室《あむろ》にあおられて乗客《じょうきゃく》たちはパニックになり、悲鳴《ひめい》をあげながら、我先《われさき》にと前方《ぜんぽう》の車両《しゃりょう》へ走《はし》っていった。

「おじさん 起《お》きて！」

コナンが、眠《ねむ》っていた小五郎《こごろう》を揺《ゆ》り起《お》こす。

それから、小蓑《こみの》と住友《すみとも》の方《ほう》を振《ふ》り返《かえ》った。

「おばあさん達《たち》も…早《はや》く!!」

「え…ええ…」

住友《すみとも》が、うなずく。

安室《あむろ》が車掌《しゃしょう》にすばやく指示《しじ》を出《だ》した。

「車掌《しゃしょう》さんはこの事《こと》を…前《まえ》の車両《しゃりょう》のお客《きゃく》さんに!!」


「緊急連絡《きんきゅうれんらく》です！　只今当列車《ただいまとうれっしゃ》の8号車《ごうしゃ》で火災《かさい》が発生致《はっせいいた》しました!!　7号車《ごうしゃ》と6号車《ごうしゃ》のお客様《きゃくさま》は念《ねん》の為《ため》…前《まえ》の車両《しゃりょう》に避難《ひなん》して頂《いただ》きますようお願《ねが》いします！」

緊迫《きんぱく》した車内《しゃない》アナウンスが響《ひび》く。

6号車《ごうしゃ》にいた少年探偵団《しょうねんたんていだん》たちと、蘭《らん》、園子《そのこ》、そして阿笠博士《あがさはかせ》も、アナウンスに従《したが》って前《まえ》の車両《しゃりょう》に移動《いどう》を始《はじ》めた。

ベルモットがほかの車両《しゃりょう》に仕掛《しか》けていた発煙筒《はつえんとう》も、次々《つぎつぎ》と作動《さどう》していき、乗客《じょうきゃく》たちはどんどん前《まえ》の車両《しゃりょう》へと追《お》い立《た》てられていった。

あわてふためく乗客《じょうきゃく》たちの様子《ようす》を扉《とびら》の隙間《すきま》から確認《かくにん》すると、ベルモットは満足《まんぞく》げに扉《とびら》を閉《し》めた。

「思《おも》った通《とお》り…火元《ひもと》の客《きゃく》は全員火事恐怖症《ぜんいんかじきょうふしょう》…。彼《かれ》らに急《せ》き立《た》てられて大《だい》パニックよ…」

「みたいね…」

ベルモットが構《かま》えた銃《じゅう》の先《さき》は、一分《いちぶ》の隙《すき》もなく有希子《ゆきこ》を狙《ねら》い続《つづ》けている。

「ここでクエスチョン！　彼女《かのじょ》ならこの状況《じょうきょう》でどこへ行《い》くと思《おも》う？」

「そりゃー前《まえ》の車両《しゃりょう》に逃《に》げるんじゃ…」

「いや、その逆《ぎゃく》…」

ベルモットは低《ひく》い声《こえ》でつぶやいた。

「彼女《かのじょ》なら恐《おそ》らく…」

灰原《はいばら》は、煙《けむり》をかき分《わ》けるようにして、車内《しゃない》を進《すす》んでいた。その姿《すがた》は、幼児化《ようじか》する前《まえ》の元《もと》の姿《すがた》——宮野志保《みやのしほ》へと、戻《もど》っている。

彼女《かのじょ》が逃《に》げ込《こ》んだのは、前《まえ》の車両《しゃりょう》ではなく、室橋《むろばし》の死体《したい》がある8号車《ごうしゃ》。

ゴホゴホと咳《せき》こみながら立《た》ち止《ど》まった灰原《はいばら》を、一人《ひとり》の男《おとこ》が待《ま》ち受《う》けていた。

「さすが、ヘル・エンジェルの娘《むすめ》さんだ…よく似《に》てらっしゃる…」

白煙《はくえん》の向《む》こうから姿《すがた》を現《あらわ》した人影《ひとかげ》は――安室透《あむろとおる》だった。

安室《あむろ》は微笑《びしょう》を浮《う》かべながら、ひたひたと、灰原《はいばら》のもとへ歩《ほ》を進《すす》めた。

「初《はじ》めまして…バーボン…これが僕《ぼく》のコードネームです…」


灰原《はいばら》の行動《こうどう》は、ベルモットの想定内《そうていない》だった。

「そう…彼女《かのじょ》なら火元《ひもと》の8号車《ごうしゃ》の方《ほう》へ向《む》かうはず…この煙《けむり》が彼女《かのじょ》を炙《あぶ》り出《だ》す組織《わたしたち》の罠《わな》だと読《よ》んでね…」

「そっか！　そのまま前《まえ》の車両《しゃりょう》に逃《に》げたらあなた達《たち》が待《ま》ち伏《ぶ》せてるから裏《うら》をかいたのね？」

「わかってないのね…」

ベルモットはあきれたように、有希子《ゆきこ》の顔《かお》を見《み》た。

「前《まえ》の車両《しゃりょう》には彼女《かのじょ》の友人達《ゆうじんたち》も避難《ひなん》して来《く》るのよ？　そんな所《ところ》に命《いのち》を狙《ねら》われてる自分《じぶん》が行《い》ったら巻《ま》き添《ぞ》えにしかねないからよ…。だから彼女《かのじょ》はあえて火元《ひもと》へ向《む》かうはず…たとえ組織《わたしたち》がそれを見越《みこ》して8号車《ごうしゃ》で待《ま》ち構《かま》えていたとしても…1人《り》で殺《ころ》される方《ほう》がマシだと考《かんが》えて…」

その時《とき》、有希子《ゆきこ》の携帯《けいたい》が、着信音《ちゃくしんおん》を鳴《な》らした。

「あ！　電話《でんわ》…」

着信画面《ちゃくしんがめん》を確認《かくにん》して、有希子《ゆきこ》は思《おも》わず、「し、新《しん》ちゃん…」と電話《でんわ》の相手《あいて》の名前《なまえ》をつぶやいた。

即座《そくざ》に、ベルモットが携帯《けいたい》を引《ひ》ったくる。

「あ！」

ベルモットは携帯《けいたい》を耳《みみ》に当《あ》てると、「あら新《しん》ちゃん、どうしたの？」と有希子《ゆきこ》の声色《こわいろ》を作《つく》って電話《でんわ》に出《で》た。

「母《かあ》さんヤベェぞ!!　灰原《はいばら》がどこにもいねーんだ!!　母《かあ》さんの所《ところ》に行《い》ってねぇか!?」

切羽詰《せっぱつ》まった様子《ようす》のコナンに、ベルモットは有希子《ゆきこ》になりすまして答《こた》えた。

「こっちにも来《き》てないわよ!!　前《まえ》の車両《しゃりょう》に避難《ひなん》したんじゃない？　人混《ひとご》みに紛《まぎ》れ込《こ》めば姿《すがた》を隠《かく》しやすいし…」

「じゃあ前《まえ》の車両《しゃりょう》に行《い》ってみっから、母《かあ》さんは作戦通《さくせんどお》りうまくやれよ!!」

「OK《オーケー》♪」

通話《つうわ》を終《お》えると同時《どうじ》に、今度《こんど》はベルモットの携帯《けいたい》が振動《しんどう》する。

メールを確認《かくにん》したベルモットは、満足《まんぞく》げに微笑《ほほえ》んだ。

「そして私《わたし》の仲間《なかま》からのメール…８号車《ごうしゃ》で彼女《かのじょ》を見《み》つけたそうよ！　残念《ざんねん》だけど…組織《わたしたち》の勝《か》ちのようね…」


８号車Ｂ室《ごうしゃビーしつ》の前《まえ》で、煙《けむり》に包《つつ》まれながら、灰原《はいばら》は安室透《あむろとおる》と対峙《たいじ》していた。

「バーボン…このコードネーム、聞《き》き覚《おぼ》えありませんか？　君《きみ》の両親《りょうしん》や姉《あね》とは会《あ》った事《こと》があるんですが…」

安室《あむろ》が低《ひく》い声《こえ》で、灰原《はいばら》に聞《き》く。

「ええ…知《し》ってるわよ…お姉《ねえ》ちゃんの恋人《こいびと》の諸星大《もろぼしだい》とライバル関係《かんけい》にあった、組織《そしき》の一員《いちいん》…お姉《ねえ》ちゃんの話《はなし》だと、お互《たが》い毛嫌《けぎら》いしてたらしいけど…」

灰原《はいばら》の言《い》う諸星大《もろぼしだい》とは、赤井秀一《あかいしゅういち》の偽名《ぎめい》。赤井《あかい》は、かつてこの名《な》を使《つか》って黒《くろ》ずくめの組《そ》織《しき》に潜入《せんにゅう》していたことがあるのだ。

「ええ…僕《ぼく》の睨《にら》んでいた通《とお》りあの男《おとこ》はＦＢＩ《エフビーアイ》の犬《いぬ》でね…。組織《そしき》を裏切《うらぎ》った後《あと》、殺《ころ》されたっていうのがどうにも信《しん》じ難《がた》くて…あの男《おとこ》に変装《へんそう》し、あの男《おとこ》の関係者《かんけいしゃ》の周《まわ》りをしばらくうろついて反応《はんのう》を見《み》ていたんです…お陰《かげ》であの男《おとこ》が本当《ほんとう》に死《し》んでいるという事《こと》がわかりましたけどね…。まぁ、変装《へんそう》させてくれたのは今回僕《こんかいぼく》の代《か》わりにあの男《おとこ》に化《ば》けてくれた仲間《なかま》ですが…」

安室《あむろ》の言葉《ことば》を聞《き》いて灰原《はいばら》が連想《れんそう》したのは、ベルモットだった。顔《かお》も声《こえ》も自由《じゆう》に変《か》えうる、神出鬼没《しんしゅつきぼつ》の魔性《ましょう》の女《おんな》。

「君《きみ》がここへ現《あらわ》れたという事《こと》は、君《きみ》に恐怖《きょうふ》を与《あた》える効果《こうか》は十分《じゅうぶん》にあったようだ…死《し》んだあの男《おとこ》に成《な》り済《す》ませるのは君《きみ》もよく知《し》ってる彼女《かのじょ》だけですから…」

そう言《い》うと安室《あむろ》は、ベストの内側《うちがわ》から銃《じゅう》を取《と》り出《だ》し、灰原《はいばら》に向《む》けた。

「さぁ…手《て》を挙《あ》げたまま移動《いどう》しましょうか…8号車《ごうしゃ》の後《うし》ろの貨物車《かもつしゃ》に…」

灰原《はいばら》はなすすべなく両手《りょうて》をあげ、追《お》い詰《つ》められるがまま、じりじりと貨物車両《かもつしゃりょう》の方《ほう》へと後退《こうたい》した。やがて、背中《せなか》がとんと突《つ》き当《あ》たりの扉《とびら》にぶつかる。

「さぁ、その扉《とびら》を開《あ》けてください…その扉《とびら》の向《む》こうが貨物車《かもつしゃ》です…」

灰原《はいばら》は後《うし》ろ手《で》に、扉《とびら》を開《あ》けた。

「ご心配《しんぱい》なく…僕《ぼく》は君《きみ》を生《い》きたまま組織《そしき》に連《つ》れ戻《もど》すつもりですから…」

そう言《い》うと安室《あむろ》は、ベストの内側《うちがわ》から小型《こがた》の四角《しかく》い爆弾《ばくだん》を取《と》り出《だ》した。膝《ひざ》をつき、貨物《かもつ》車《しや》と客車《きやくしや》との間《あいだ》の連結部《れんけつぶ》に爆弾《ばくだん》を置《お》く。その間《かん》も、銃口《じゆうこう》はずっと灰原《はいばら》の方《ほう》を狙《ねら》っていた。

「爆弾《ばくだん》でこの連結部分《れんけつぶぶん》を破壊《はかい》して…その貨物車《かもつしや》だけを切《き》り離《はな》し…止《と》まり次第《しだい》…ヘリでこの列車《れつしや》を追跡《ついせき》している仲間《なかま》が君《きみ》を回収《かいしゆう》するという段取《だんど》りです…その間《あいだ》、君《きみ》には少々《しようしよう》気絶《きぜつ》をしてもらいますけどね…まぁ大丈夫《だいじようぶ》…扉《とびら》から離《はな》れた位置《いち》に寝《ね》てもらいますので、爆発《ばくはつ》に巻《ま》き込《こ》まれる恐《おそ》れは…」

「大丈夫《だいじようぶ》じゃないみたいよ…」

貨物車《かもつしや》に足《あし》を踏《ふ》み入《い》れた灰原《はいばら》は、積《つ》み荷《に》を覆《おお》う白《しろ》い布《ぬの》をめくって言《い》った。

「この貨物車《かもつしや》の中《なか》…爆弾《ばくだん》だらけみたいだし…」

「!?」

安室《あむろ》の表情《ひようじよう》が変《か》わる。

「どうやら段取《だんど》りに手違《てちが》いがあったようね…」

(なるほど…ベルモットは是《ぜ》が非《ひ》でも彼女《かのじよ》の命《いのち》を絶《た》ちたいという腹積《はらづ》もりか…)

安室《あむろ》は予想外《よそうがい》の状況《じようきよう》を瞬時《しゆんじ》に把握《はあく》すると、余裕《よゆう》の表情《ひようじよう》のまま灰原《はいばら》に言《い》った。

「仕方《しかた》ない…僕《ぼく》と一緒《いつしよ》に来《き》てもらいますか…」

「悪《わる》いけど…断《ことわ》るわ！」

ぴしゃりと言《い》って、灰原《はいばら》が貨物車《かもつしゃ》の扉《とびら》を閉《し》める。フン…と安室《あむろ》は鼻《はな》を鳴《な》らした。

「噂通《うわさどお》りの困《こま》った娘《むすめ》だ…少々手荒《しょうしょうてあら》く行《い》かせてもらいますよ…」

その時《とき》、安室《あむろ》の背後《はいご》、8号車《ごうしゃ》の扉《とびら》が開《あ》き、大柄《おおがら》な人影《ひとかげ》が姿《すがた》を現《あらわ》した。

「ベルモットか…悪《わる》いが彼女《かのじょ》は僕《ぼく》が連《つ》れて…」

言《い》いかけた安室《あむろ》の足元《あしもと》に、突然《とつぜん》、丸《まる》い金属《きんぞく》の塊《かたまり》が投《な》げられた。

手榴弾《しゅりゅうだん》だ。

「だ、誰《だれ》だ!? 誰《だれ》だお前《まえ》!?」

ベルモットではない！

安室《あむろ》が大柄《おおがら》な男《おとこ》に銃口《じゅうこう》を向《む》ける。煙《けむり》の向《む》こうでうっすらと笑《え》みを浮《う》かべた男《おとこ》は、ハットで顔《かお》がよく見《み》えないが、赤井秀一《あかいしゅういち》にそっくりな顔《かお》をしているようにも思《おも》われた。

ドン！

手榴弾《しゅりゅうだん》が連結部《れんけつぶ》で爆発《ばくはつ》する。

「くっ、くそっ!!」

安室《あむろ》は客車《きゃくしゃ》に身《み》を引《ひ》いて爆風《ばくふう》をやりすごしたが、貨物車《かもつしゃ》は、爆弾《ばくだん》と灰原《はいばら》を一緒《いっしょ》に積《つ》んだまま、列車《れっしゃ》から切《き》り離《はな》されてしまった。

取《と》り残《のこ》された貨物車《かもつしゃ》は、しばらく惰性《だせい》で進《すす》み続《つづ》けたが、徐々《じょじょ》にその速度《そくど》を落《お》としていき

――

ドォオン！

積《つ》み込《こ》まれた大量《たいりょう》の爆弾《ばくだん》が、大爆発《だいばくはつ》を起《お》こした。

「はい！　これでTHE《ジ》・END《エンド》…」

スマートフォンを操作《そうさ》して爆弾《ばくだん》を爆破《ばくは》させたベルモットが、楽《たの》しげにつぶやいた。

「安心《あんしん》して…ちゃんと仲間《なかま》が連結《れんけつ》を破壊《はかい》した音《おと》が聞《き》こえてから貨物車《かもつしゃ》を爆破《ばくは》したから、この車両《しゃりょう》が脱線《だっせん》する事《こと》はないわ…」

「ウソ…」

有希子《ゆきこ》が唖然《あぜん》として、窓《まど》から外《そと》へと身《み》を乗《の》り出《だ》す。

列車《れっしゃ》の後方《こうほう》には、黒煙《こくえん》とともに炎《ほのお》を噴《ふ》く貨物車両《かもつしゃりょう》があった。

「ウソでしょ～⁉　哀《あい》ちゃあぁん…」

有希子《ゆきこ》を残《のこ》し、用《よう》は済《す》んだとばかり、ベルモットが部屋《へや》を出《で》ていく。

バタンと扉《とびら》が閉《し》まるのを待《ま》って、有希子《ゆきこ》はあせった演技《えんぎ》をやめ、平静《へいせい》に戻《もど》った。

× × ×

「本当《ほんとう》に貨物車《かもつしゃ》が爆発《ばくはつ》したのか？」

「は、はい…音《おと》がして窓《まど》の外《そと》を見《み》たら黒煙《こくえん》が…」

爆発音《ばくはつおん》を聞《き》いて連結部《れんけつぶ》の確認《かくにん》にやってきた車掌《しゃしょう》たちを、安室透《あむろとおる》は客室《きゃくしつ》に隠《かく》れてやりすごした。

気《き》にかかるのは、爆発《ばくはつ》の直前《ちょくぜん》に、手榴弾《しゅりゅうだん》を投《な》げてきた男《おとこ》だ。とっさのことでよく見《み》えなかったが、顔立《かおだ》ちが、赤井秀一《あかいしゅういち》に似《に》ている気《き》がした。

（まさか…さっきのあの人影《ひとかげ》は…）

× × ×

貨物車《かもつしゃ》が爆発《ばくはつ》したことで、ベルツリー急行《きゅうこう》は名古屋《なごや》行きを変更《へんこう》し、近《ちか》くの駅《えき》に停車《ていしゃ》した。乗客《じょうきゃく》は全員《ぜんいん》、下車《げしゃ》させられ、これから個別《こべつ》に事情聴取《じじょうちょうしゅ》が行《おこな》われるらしい。

ベルモットは服装《ふくそう》と髪形《かみがた》を変《か》え、乗客《じょうきゃく》の中《なか》に紛《まぎ》れていた。名古屋《なごや》でベルツリー急行《きゅうこう》を待《ま》ち受《う》けていた組織《そしき》の一員《いちいん》・ジンに電話《でんわ》をかけ、灰原哀《はいばらあい》を無事《ぶじ》に爆死《ばくし》させたことを報告《ほうこく》する。

「シェリーを殺《ころ》した？　確《たし》かなんだろーな？　ベルモット！」

疑《うたぐ》り深《ぶか》いジンに念押《ねんお》しされ、ベルモットは「ええ…」とうなずいた。

「貨物車《かもつしゃ》ごと吹《ふ》っ飛《と》ぶ所《ところ》をバーボンが見《み》てたらしいから…。お陰《かげ》で列車《れっしゃ》は近《ちか》くの駅《えき》に停車《ていしゃ》…私達乗客《わたしたちじょうきゃく》は下車《げしゃ》させられて、これから個別《こべつ》に事情聴取《じじょうちょうしゅ》されるみたいだけど…残念《ざんねん》だわ…名古屋《なごや》で待《ま》ってる貴方《あなた》に会《あ》えなくて」

「フン…だから爆弾《ばくだん》か…車内《しゃない》で爆発事故《ばくはつじこ》が起《お》きればさすがに列車《れっしゃ》を停《と》めざるを得《え》ねぇからな…」

「ええ…粉々《こなごな》になるのはシェリーだけで十分《じゅうぶん》でしょ？」

シェリーは爆発《ばくはつ》で死《し》んだ。すべて、ベルモットの目論見通《もくろみどお》りだ。

満足《まんぞく》げに電話《でんわ》を終《お》えたベルモットの背後《はいご》で、無邪気《むじゃき》な子供《こども》の声《こえ》がした。

「でも、驚《おどろ》きました！　まさか灰原《はいばら》さんが7号車《ごうしゃ》のB室《ビーしつ》にいたなんて…」

シェリーが、7号車《ごうしゃ》のB室《ビーしつ》に?!

ベルモットははっとして動《うご》きを止《と》めた。

灰原《はいばら》の友達《ともだち》の、あの子供《こども》たち——光彦《みつひこ》に元太《げんた》、そして歩美《あゆみ》がのんきに歩《ある》いている。

「死《し》んだおっさんの部屋《へや》だから空《あ》いてたらしいけどよ…」

「トイレの帰《かえ》りにカゼで目眩《めまい》がして休《やす》んでたってさ！」

「シ——ッ…疲《つか》れて寝《ね》てるようじゃから…」

振《ふ》り返《かえ》ると、ぐっすりと眠《ねむ》り込《こ》んで阿笠博士《あがさはかせ》に背負《せお》われている、灰原哀《はいばらあい》の姿《すがた》があった。

(そうか…彼女《かのじょ》が逃《に》げ込《こ》むならあの部屋《へや》しかないと踏《ふ》んで待《ま》ち構《かま》えて、有希子《ゆきこ》が彼女《かのじょ》を保《ほ》護《ご》したのね…。じゃあ、あの時《とき》のボウヤの電話《でんわ》は…)

——灰原《はいばら》がどこにもいねぇんだ!!

ベルモットは、有希子《ゆきこ》に成《な》り済《す》まして出《で》た電話《でんわ》から聞《き》こえてきた、江戸川《えどがわ》コナンの声《こえ》を思《おも》い出《だ》す。あれは……

(有希子《ゆきこ》と私《わたし》の会話《かいわ》を盗聴《とうちょう》していたボウヤが、私《わたし》をあの部屋《へや》に足止《あしど》めさせる為《ため》に仕掛《しか》けたフェイク…。でも待《ま》って…だったら誰《だれ》なの？　バーボンの目《め》の前《まえ》で爆死《ばくし》した彼女《かのじょ》って…)

その時《とき》、今度《こんど》は園子《そのこ》と蘭《らん》の会話《かいわ》が聞《き》こえてきた。

「ガッカリよ！　これでキッド様《さま》　来《こ》られなくなっちゃったし——…」

「この列車《れっしゃ》、現場検証《げんばけんしょう》で当分使《とうぶんつか》えないしね…」

怪盗《かいとう》キッド。そういえば、この列車《れっしゃ》を来月狙《らいげつねら》うと、怪盗《かいとう》キッドが予告状《よこくじょう》を出《だ》していたと聞《き》いた。

二人《ふたり》と一緒《いっしょ》にいたコナンが、かかってきた電話《でんわ》に出《で》て、軽《かる》い調子《ちょうし》で応対《おうたい》している。

「悪《わる》い悪《わる》い…何《なん》か超《ちょう》ヤバかったらしいな…」

(ま、まさか…)

バーボンの目《め》の前《まえ》で爆死《ばくし》したと思《おも》われた灰原哀《はいばらあい》は……

(怪盗《かいとう》キッド!?)


そのころ、怪盗《かいとう》キッドは、変装《へんそう》を解《と》く間《ま》もなく、炎上《えんじょう》した車両《しゃりょう》を眼下《がんか》にハングライダーで空《そら》を逃《に》げていた。

「聞《き》いてねぇぞ!! 拳銃《けんじゅう》に爆弾《ばくだん》に何《なん》なんだ!? あの危《あぶ》ねぇ奴《やつ》らはよ!!」

電話《でんわ》の向《む》こうのコナンに向《む》かって、キッドはめいっぱいの不満《ふまん》を込《こ》めてがなりたてた。

「万《まん》が一《いち》の時《とき》の為《ため》にハングライダーを貨物車《かもつしゃ》に隠《かく》してなかったら、今頃黒《いまごろくろ》コゲだぞ?」

『オメーの事《こと》だからそんぐらい用意《ようい》してると思《おも》ってよ…まぁこれで貸《か》し借《か》りはチャラって事《こと》で…』

「当《あ》たり前《め》えだ!!」

「あ、オレが渡《わた》したその携帯《けいたい》、ちゃんと探偵事務所《たんていじむしょ》に送《おく》ってくれよな!」

(あのクソガキ…!)

キッドは苦々《にがにが》しげに携帯《けいたい》を切《き》った。

メイドの住友《すみとも》に変装《へんそう》して列車《れっしゃ》に乗《の》り込《こ》んでいたのを、コナンに見抜《みぬ》かれた時《とき》のことを思《おも》い出《だ》す。

「おばあさん達《たち》、怪盗《かいとう》キッドとその手下《てした》でしょ? 今日《きょう》は下見《したみ》に来《き》たのかな?」

そう声《こえ》をかけられ、「な、何《なん》の冗談《じょうだん》かしら?」と一応《いちおう》ごまかしてはみたものの、コナンには何《なに》もかもお見通《みとお》しだった。

「メイドの住友《すみとも》さんがキッドで、おばあさんは手下《てした》! さすがに手下《てした》は小蓑《こみの》さんの声《こえ》を出《だ》せないみたいだから…キッドが腹話術《ふくわじゅつ》で喋《しゃべ》った声《こえ》に合《あ》わせて手下《てした》が口《くち》パクして、それを帽子《ぼうし》のベールで隠《かく》して見《み》えないようにしてたようだけど…ボク、背《せ》が低《ひく》いから口元《くちもと》が丸見《まるみ》えでバレバレだったよ!」

「なるほど? だからオレに廊下《ろうか》を走《はし》らせたんだな?」

地声《じごえ》に戻《もど》ってキッドが聞《き》くと、コナンは「ああ!」と勢《いきお》いよくうなずいた。

「おばあさんが1人になったらきっと喋《しゃべ》れなくなると思《おも》ってね！　それにあの時《とき》、おばあさんは平気《へいき》でキセルに火《ひ》をつけてたし…例《れい》の火事《かじ》で救助《きゅうじょ》された人《ひと》は全員《ぜんいん》、火《ひ》を怖《こわ》がっていたから…中身《なかみ》は別人《べつじん》だと確信《かくしん》したわけさ！　車《くるま》イスの小蓑《こみの》さんを変装相手《へんそうあいて》に選《えら》んだのは、一等車《いっとうしゃ》の廊下《ろうか》の幅《はば》や長《なが》さを車輪《しゃりん》の回転具合《かいてんぐあい》で計《はか》れるからだろ？」

「ああ…本物《ほんもの》のバアさん達《たち》は出発日時変更《しゅっぱつにちじへんこう》の偽《にせ》メールで今頃《いまごろ》、家《いえ》でくつろいでるだろーな…」

「まぁ感謝《かんしゃ》してくれよ！　事件《じけん》にかかわる事《こと》を避《さ》けて何《なに》も見《み》てないっていうあんたらをあえて不問《ふもん》に付《ふ》してやったんだから…」

えらそうなコナンの口調《くちょう》にイヤな予感《よかん》を感《かん》じつつ、キッドは「んで？」と先《さき》を促《うなが》した。

「オレに恩《おん》を売《う》って何《なに》させようってんだ？」

「この彼女《かのじょ》に変装《へんそう》して悪《わる》い奴《やつ》らの追撃《ついげき》をうまくかわして欲《ほ》しいんだ！」

そう言《い》ってコナンがキッドに見《み》せたスマートフォンに表示《ひょうじ》されていたのは、宮野志保《みやのしほ》――幼児化《ようじか》する前《まえ》の、灰原哀《はいばらあい》の画像《がぞう》だった。

「奴《やつ》らと話《はな》す内容《ないよう》はマイクで拾《ひろ》って、別室《べっしつ》で待機《たいき》してる彼女本人《かのじょほんにん》がイヤホンを通《とお》して伝《つた》えるから…奴《やつ》らが彼女《かのじょ》を追《お》い詰《つ》める場所《ばしょ》は、恐《おそ》らく爆弾《ばくだん》が仕掛《しか》けられてる貨物車《かもつしゃ》だから気《き》をつけて…」

気《き》をつけて、などとさらっと言《い》われたが、貨物車《かもつしゃ》には大量《たいりょう》の爆弾《ばくだん》が仕掛《しか》けられていたうえに、銃口《じゅうこう》を向《む》けられて脅《おど》される羽目《はめ》になったのだ。まったく割《わり》に合《あ》っていない。

「なーにがチャラだ…こいつは貸《か》しにしとくぜ…名探偵《めいたんてい》…」

つぶやくと、キッドは顔《かお》マスクをはぎ取《と》って、ようやく素顔《すがお》へと戻《もど》った。


バーボンが対峙《たいじ》した灰原哀《はいばらあい》は、キッドの変装《へんそう》だった——。

すべてを察《さっ》したベルモットは、すっかり上機嫌《じょうきげん》な有希子《ゆきこ》に向《む》かって、内心《ないしん》で語《かた》りかけた。

(なるほど? 最高《さいこう》のキャスティングだったってわけね…有希子《ゆきこ》…)

帽子《ぼうし》で顔《かお》を隠《かく》し、乗客《じょうきゃく》の中《なか》に紛《まぎ》れたバーボン——安室透《あむろとおる》が、ベルモットの隣《となり》に並《なら》び、小声《こごえ》でささやいた。

「……赤井《あかい》が死《し》ぬ前後《ぜんご》の詳細《しょうさい》なファイル…もう一度《いちど》見《み》せてくれないか?」

「ええ…」

と、ベルモットがうなずく。

安室《あむろ》はさりげなく周囲《しゅうい》の乗客《じょうきゃく》たちに目《め》を配《くば》りながら、またゆっくりと、ベルモットから離《はな》れていく。

（どうやら一《いち》から調査《ちょうさ》し直《なお》す必要《ひつよう》がありそうだ…）

思案《しあん》する安室《あむろ》を、怪《あや》しげな微笑《びしょう》を浮《う》かべて遠《とお》くからじっと見《み》つめる人影《ひとかげ》――沖矢昴《おきやすばる》の目《め》の下《した》には、くっきりとした隈《くま》が浮《う》かんでいた。

緋《ひ》色《いろ》シリーズ

DETECTIVE CONAN

TŌRU AMURO SELECTION

×××

安室透《あむろとおる》は、黒《くろ》ずくめの組織《そしき》の一員《いちいん》・バーボンだった。

ベルツリー急行《きゅうこう》での一件《いっけん》で、バーボンはシェリーが死《し》んだと思《おも》っている。とすれば、喫《きっ》茶《さ》ポアロでバイトをする『安室透《あむろとおる》』はこのまま、姿《すがた》をくらますだろう――コナンは、そう予想《よそう》していた。

ところが、安室《あむろ》は再《ふたた》びコナンたちの前《まえ》に姿《すがた》を現《あらわ》した。そればかりか、何食《なにく》わぬ顔《かお》でポアロのアルバイトも続《つづ》けている。安室《あむろ》はどうやら、以前組織《いぜんそしき》にスパイとして潜入《せんにゅう》していたF《エフ》B《ビー》I《アイ》捜査官《そうさかん》・赤井秀一《あかいしゅういち》の死《し》を疑《うたが》い、情報《じょうほう》を集《あつ》めているようだった。

喫茶店《きっさてん》ポアロの店員《てんいん》にして探偵《たんてい》・安室透《あむろとおる》。

洞察力《どうさつりょく》に長《た》けた組織《そしき》の探《さぐ》り屋《や》・バーボン。

二《ふた》つの顔《かお》を持《も》つ男《おとこ》の正体《しょうたい》とは、一体何者《いったいなにもの》なのだろうか。

コナンは、安室《あむろ》の能力《のうりょく》や性格《せいかく》を観察《かんさつ》することで、一《ひと》つの推測《すいそく》を打《う》ち立《た》てていた。

数々《かずかず》の事件《じけん》の真相《しんそう》を瞬時《しゅんじ》に見抜《みぬ》く洞察力《どうさつりょく》。

ベルツリー急行《きゅうこう》で灰原《はいばら》を殺《ころ》そうとしなかった行動《こうどう》。

通《とお》りすがりの子供《こども》が口《くち》にした「ゼロ」という単語《たんご》に、はっとしたような反応《はんのう》をしたこと。

そして、FBI《エフビーアイ》捜査官《そうさかん》に放《はな》った一言《ひとこと》に垣間見《かいまみ》える、信念《しんねん》。

――出《で》て行《い》ってくれませんかねぇ…僕《ぼく》の日本《にっぽん》から…。

(「ゼロ」っていうのは「存在《そんざい》しない組織《そしき》であれ」と付《つ》けられたコードネーム…日本《にっぽん》の安《あん》全《ぜん》と秩序《ちつじょ》を維持《いじ》する為《ため》に存在《そんざい》する…〈公安警察《こうあんけいさつ》〉の俗称《ぞくしょう》…)

そう。コナンは安室透《あむろとおる》のことを、組織《そしき》に潜入捜査中《せんにゅうそうさちゅう》の公安警察《こうあんけいさつ》ではないかと予想《よそう》していた。そのことを確《たし》かめるため、コナンは安室《あむろ》に耳打《みみう》ちして、探《さぐ》りを入《い》れた。

「安室《あむろ》の兄《にい》ちゃんってさ…敵《てき》…だよね？　悪《わる》い奴《やつ》らの…」

しかし、安室透《あむろとおる》は冷《つめ》たくも見《み》える微笑《びしょう》を浮《う》かべ、こう答《こた》えたのだった。

「君《きみ》は少々僕《しょうしょうぼく》の事《こと》を…誤解《ごかい》しているようだ…」

コナンの質問《しつもん》をはぐらかし、安室《あむろ》は謎《なぞ》をまとい続《つづ》ける。

はたして安室《あむろ》は、敵《てき》なのだろうか？　味方《みかた》なのだろうか？　その答《こた》えが判然《はんぜん》としないことに、コナンは危機感《ききかん》を抱《いだ》いていた。安室《あむろ》が、楠田陸道《くすだりくみち》という男《おとこ》について嗅《か》ぎまわるそぶりを見《み》せているからだ。

楠田陸道《くすだりくみち》は、黒《くろ》ずくめの組織《そしき》の末端構成員《まったんこうせいいん》で、コナンたちに追《お》いつめられ、車《くるま》で逃走《とうそう》しようとした男《おとこ》。コナンには、組織《そしき》の連中《れんちゅう》に楠田《くすだ》の消息《しょうそく》を知《し》られてはまずい事情《じじょう》がある。

(彼《かれ》が公安《こうあん》で組織《そしき》に潜入《せんにゅう》してるなら、こっちの事情《じじょう》を話《はな》せば最悪《さいあく》の事態《じたい》は避《さ》けられると踏《ふ》んでたけど…そうじゃないのなら…練《ね》りに練《ね》ったあの計画《けいかく》が…バレちまう!!)

まだバレたわけではない。楠田《くすだ》の消息《しょうそく》を、安室《あむろ》はまだつかんでいないはずだ。

しかし、油断《ゆだん》はできなかった。安室《あむろ》は、楠田《くすだ》に関《かん》する情報《じょうほう》を入手《にゅうしゅ》するために、コナンたちに何《なに》かを仕掛《しか》けて来《く》るだろう。

(…でも一体何《いったいなに》を?)

×××

楠田陸道《くすだりくみち》の消息《しょうそく》——欠《か》けていた最後《さいご》のピースを安室《あむろ》にもたらしたのは、ベルモットだった。

ベルモットは、安室《あむろ》の依頼《いらい》を受《う》けてジョディ・スターリングに変装《へんそう》し、アンドレ・キャメルに接触《せっしょく》したのだ。ジョディとキャメルは、赤井秀一《あかいしゅういち》と同《おな》じFBI《エフビーアイ》捜査官《そうさかん》。黒《くろ》ずくめの組織《そしき》を追《お》って来日《らいにち》し、日本《にっぽん》に滞在《たいざい》していた。

見事《みごと》にキャメルの口《くち》を割《わ》り、目当《めあ》ての情報《じょうほう》を入手《にゅうしゅ》してきたベルモットを、安室《あむろ》は車《くるま》で迎《むか》えに行《い》った。

「意外《いがい》に遅《おそ》かったですね…来《き》てくれないんじゃないかとヒヤヒヤしました…」

助手席《じょしゅせき》に乗《の》り込《こ》んだベルモットに、安室《あむろ》はそう声《こえ》をかけた。

「彼女《かのじょ》のスカーフに似《に》た柄《がら》がなかなか売《う》ってなくて…」

「なるほど…で？　首尾《しゅび》は？」

ベルモットは眼鏡《めがね》を取《と》り、ジョディの顔型《かおがた》のマスクに手《て》をかけてビッと一気《いっき》にはぎ取《と》りながら、キャメルから入手《にゅうしゅ》した情報《じょうほう》を伝《つた》えた。

「楠田《くすだ》って男《おとこ》…あなたが予想《よそう》していた通《とお》り…拳銃自殺《けんじゅうじさつ》したそうよ…自分《じぶん》の車《くるま》の中《なか》でね…」

「やはり…そういう事《こと》ですか…」

両手《りょうて》でハンドルを握《にぎ》ったまま、安室《あむろ》がほくそ笑《え》む。

——楠田陸道《くすだりくみち》は、車《くるま》の中《なか》で拳銃自殺《けんじゅうじさつ》をした。

それは、安室《あむろ》の推理《すいり》に確信《かくしん》を添《そ》える、最後《さいご》の情報《じょうほう》だった。

「それで？　何《なん》なのよ、楠田陸道《くすだりくみち》って…組織《そしき》の一員《いちいん》だったらしいけど…」

事情《じじょう》を知《し》らないまま手伝《てつだ》いをさせられていたベルモットが、運転席《うんてんせき》の安室《あむろ》に聞《き》く。

「コードネームも与《あた》えられていない男《おとこ》が拳銃自殺《けんじゅうじさつ》したからって…何《なん》だっていうの？」

「拳銃《けんじゅう》で自殺《じさつ》する場合《ばあい》、あなたならどうします？」

と、安室《あむろ》は前《まえ》を向《む》いたままベルモットに聞《き》いた。

「そうね…銃口《じゅうこう》をこめかみにあてて…」

言《い》いながら、ベルモットはほっそりとした人差《ひとさ》し指《ゆび》を伸《の》ばし、自分《じぶん》のこめかみにあてた。

「そう…弾痕《だんこん》は頭蓋骨《ずがいこつ》にしっかり残《のこ》る…たとえ遺体《いたい》が燃《も》えようと…」

「え？」

「いましたよね？　楠田《くすだ》の消息《しょうそく》が途絶《とだ》えた頃《ころ》…時《とき》を同《おな》じくして頭《あたま》を撃《う》たれて焼《や》かれた男《おとこ》が…」

「そ…それってまさか⁉」

珍《めずら》しく驚《おどろ》いた様子《ようす》のベルモットの方《ほう》をちらりと見《み》て、安室《あむろ》はどこか嬉《うれ》しげに、その男《おとこ》の名《な》を告《つ》げた。

「FBI《エフビーアイ》捜査官《そうさかん》…赤井秀一《あかいしゅういち》…」

「まさかあの男《おとこ》が生《い》きてるっていうわけ⁉」

「ええ…僕《ぼく》の推理《すいり》が正《ただ》しければね…」

ベルモットは、真《ま》っ赤《か》なルージュを引《ひ》いた唇《くちびる》をゆがめ、フッと微笑《ほほえ》んだ。

「残念《ざんねん》だけどその推理《すいり》は的外《まとはず》れよ…だってあの男《おとこ》の死亡《しぼう》は確認《かくにん》されているんだもの…しかも、それを確認《かくにん》したのは日本警察《にっぽんけいさつ》で…それを確認《かくにん》させたのはFBI《エフビーアイ》…前《まえ》に言《い》ったわよね？　キールが来葉峠《らいはとうげ》で頭《あたま》を撃《う》ち抜《ぬ》いて、車《くるま》ごと焼《や》き払《はら》った赤井《あかい》の遺体《いたい》の指紋《しもん》と…あの探偵《たんてい》ボウヤの携帯《けいたい》に残《のこ》っていた赤井《あかい》の指紋《しもん》が一致《いっち》したって…」

「どうして焼死体《しょうしたい》から指紋《しもん》が採《と》れたんですか？」

「耐火加工《たいかかこう》されたズボンのポケットに手《て》を突《つ》っ込《こ》んだまま焼《や》かれたからよ…」

そう言《い》うと、ベルモットはしらけたように外《そと》を見《み》た。

「そういう男《おとこ》なのよ…ショットガンで私《わたし》を撃《う》った時《とき》も片手《かたて》はポケットの中《なか》だったし…」

「ホー…片手《かたて》でショットガンを…奴《やつ》らしい…だが、後《あと》で指紋《しもん》が採取《さいしゅ》できるように…わざと遺体《いたい》の手《て》を入《い》れていたとも考《かんが》えられますよね？」

「そんなに疑《うたが》うなら、赤井《あかい》が撃《う》たれた時《とき》の映像《えいぞう》を観《み》てみる？」

ベルモットの口調《くちょう》は、うんざり気味《ぎみ》だった。赤井秀一《あかいしゅういち》にあまりに執着《しゅうちゃく》する安室《あむろ》に、あきれ返《かえ》っているようだ。

「ああ…キールが首《くび》につけていた隠《かく》しカメラで撮《と》ったとかいうムービーですね…」

「あの男《おとこ》…撃《う》たれる前《まえ》にこう呟《つぶや》いたのよ…」

ジンとウォッカが監視《かんし》する中《なか》、夜《よる》の来葉峠《らいはとうげ》で落《お》ち合《あ》った赤井秀一《あかいしゅういち》に、キールは銃口《じゅうこう》を向《む》けた。

頭《あたま》を撃《う》ち抜《ぬ》かれる直前《ちょくぜん》、赤井秀一《あかいしゅういち》は小《ちい》さく笑《わら》って、こう言《い》ったのだ。

—フン…まさか…ここまでとはな…。

そして、それに答《こた》えたキールの言葉《ことば》も、映像《えいぞう》に残《のこ》っている。

—ええ…私《わたし》も驚《おどろ》いたわ…。

「一応《いちおう》、女優《じょゆう》の立場《たちば》から言《い》わせてもらうけど…あれは示《しめ》し合《あ》わせた台詞《せりふ》じゃなく…心《こころ》の底《そこ》から出《で》た言葉《ことば》…演技《えんぎ》じゃないわ…」

ベルモットは安室《あむろ》とは違《ちが》い、赤井秀一《あかいしゅういち》の死《し》を疑《うたが》ってはいないらしい。安室《あむろ》だけが、赤井《あかい》秀一《しゅういち》が生《い》きていることを、確信《かくしん》しているのだった。

「でもガッカリよ…こんな茶番《ちゃばん》に付《つ》き合《あ》わされていたなんて…」

「………『まさか…ここまでとはな…』」

赤井秀一《あかいしゅういち》の最期《さいご》の言葉《ことば》を小《ちい》さく口《くち》の中《なか》でつぶやいた安室《あむろ》は、自信《じしん》に満《み》ちた笑《え》みを浮《う》かべた。

（なるほど…そういう事《こと》か…）

「まぁ、証明《しょうめい》してみせますよ…僕《ぼく》の推理《すいり》が合《あ》っているかどうか…ぐうの音《ね》も出《で》ない状況《じょうきょう》に追《お》い込《こ》んでね…」

「あら…一応《いちおう》居場所《いばしょ》はつかんでいるのね…その亡霊《ぼうれい》さんの…」

ベルモットが、半信半疑《はんしんはんぎ》に言《い》う。

「いや…それはまだですが…タネがわかればそれを調《しら》べる事《こと》なんて僕《ぼく》にとっては…1日《にち》あればお釣《つ》りが来《き》ますよ…」

翌日《よくじつ》の夜《よる》。

安室透《あむろとおる》がドアベルを鳴《な》らしたのは、沖矢昴《おきやすばる》が住《す》む工藤邸《くどうてい》だった。

「はい…」

「宅配便《たくはいびん》です！」

インターフォンに出《で》た沖矢《おきや》に、元気《げんき》のいい声色《こわいろ》を作《つく》って答《こた》え、扉《とびら》を開《あ》けさせる。

玄関《げんかん》に姿《すがた》を現《あらわ》した沖矢《おきや》は、風邪《かぜ》でも引《ひ》いているのか、顔《かお》にマスクをつけていた。

「こんばんは…初《はじ》めまして…安室透《あむろとおる》です…」

「はぁ…」

ぼんやりとした返事《へんじ》をする沖矢《おきや》と対面《たいめん》して、安室《あむろ》はすごみのある微笑《びしょう》を浮《う》かべた。

「でも…初《はじ》めましてじゃ…ありませんよね？　少《すこ》し話《はなし》をしたいんですが…中《なか》に入《はい》っても構《かま》いませんか？」

「ええ…あなた1人《り》なら…」

そう言《い》うと沖矢《おきや》は、門扉《もんぴ》の方《ほう》へ目《め》をやった。

「申《もう》し訳《わけ》ありませんが、外《そと》で待《ま》たれてるお連《つ》れの方達《かたたち》はご遠慮願《えんりょねが》います…。お出《だ》しするティーカップの数《かず》が…足《た》りそうにないので…」

工藤邸《くどうてい》の門扉《もんぴ》の陰《かげ》には、眼光鋭《がんこうするど》い怪《あや》しい男《おとこ》が幾人《いくにん》も、様子《ようす》をうかがうように隠《かく》れている。安室《あむろ》が引《ひ》き連《つ》れてきた男《おとこ》たちだった。

男《おとこ》たちの存在《そんざい》を沖矢《おきや》に見抜《みぬ》かれても、安室《あむろ》は動揺《どうよう》した素振《そぶ》りはまるで見《み》せず、それどころか小《ちい》さく笑《わら》ってみせた。

「気《き》にしないでください…彼《かれ》らは外《そと》で待《ま》つのが好《す》きなので…。でも…あなたの返答《へんとう》や行動《こうどう》次第《しだい》で…全員《ぜんいん》お邪魔《じゃま》する羽目《はめ》になるかもしれませんけどね…」

そのころ、ジョディとキャメルは、車《くるま》を走《はし》らせていた。ハンドルを握《にぎ》るのは、ドライビングテクが取《と》り柄《え》のキャメルだ。

「ら、来葉峠《らいはとうげ》？」

ジョディから行《い》き先《さき》を告《つ》げられたキャメルは、驚《おどろ》いて聞《き》き返《かえ》した。

「赤井《あかい》さんが奴《やつ》らに殺《ころ》された場所《ばしょ》に今《いま》から行《い》くんですか⁉」

「ええ…行《い》けば何《なに》かつかめる気《き》がするのよ…」

助手席《じょしゅせき》のジョディは、硬《かた》い表情《ひょうじょう》でうなずいた。

楠田関連《くすだかんれん》の情報《じょうほう》にこだわるコナンの態度《たいど》から、ジョディは、赤井《あかい》の死《し》には何《なに》か秘密《ひみつ》があるはずだと強《つよ》く感《かん》じていた。

工藤邸《くどうてい》に堂々《どうどう》とあがり込《こ》んだ安室《あむろ》は、大《おお》きなソファの並《なら》んだ広《ひろ》いリビングに通《とお》された。

テレビでは、外国《がいこく》の映画賞《えいがしょう》である〝マカデミー賞《しょう》〟の授賞式《じゅしょうしき》が生中継《なまちゅうけい》されている。今年《ことし》は、この工藤邸《くどうてい》のあるじであり有名推理小説家《ゆうめいすいりしょうせつか》である工藤優作《くどうゆうさく》が、最優秀脚本賞《さいゆうしゅうきゃくほんしょう》にノミネートされていた。

「ミステリーはお好《す》きですか？」

安室《あむろ》は、沖矢《おきや》がティーカップをテーブルの上《うえ》に並《なら》び終《お》えるのも待《ま》たず、そう切《き》り出《だ》した。

「ええ…まあ…」

沖矢《おきや》はマスク越《ご》しに、あいまいな返答《へんとう》をする。

「ではまずその話《はなし》から…まあ、単純《たんじゅん》な死体《したい》スリ替《か》えトリックですけどね…」

「ホォ――…ミステリーの定番《ていばん》ですね…」

沖矢《おきや》が、腕《うで》を組《く》んでどっかとソファーに座《すわ》り込《こ》む。

安室《あむろ》は強気《つよき》に、自分《じぶん》の推理《すいり》を語《かた》りはじめた。

「ある男《おとこ》が来葉峠《らいはとうげ》で頭《あたま》を拳銃《けんじゅう》で撃《う》たれ、その男《おとこ》の車《くるま》ごと焼《や》かれたんですが…かろうじて焼《や》け残《のこ》ったその男《おとこ》の右手《みぎて》から採取《さいしゅ》された指紋《しもん》が…生前《せいぜん》、その男《おとこ》が手《て》に取《と》ったというある少年《しょうねん》の携帯電話《けいたいでんわ》に付着《ふちゃく》していた指紋《しもん》と一致《いっち》し、死《し》んだのはその男《おとこ》だと証明《しょうめい》されたんです…。でも妙《みょう》なんです…」

「妙《みょう》とは？」

「その携帯《けいたい》に残《のこ》っていた指紋《しもん》ですよ…。その男《おとこ》はレフティ…左利《ひだりき》きなのに…なぜか携帯《けいたい》に付着《ふちゃく》していたのは右手《みぎて》の指紋《しもん》だった…」

そう言《い》うと、安室《あむろ》は両手《りょうて》の甲《こう》の上《うえ》にアゴをのせ、沖矢《おきや》を見上《みあ》げて聞《き》いた。

「変《へん》だと思《おも》いませんか？」

「携帯《けいたい》を取《と》った時偶然《ときぐうぜん》、利《き》き手《て》が何《なに》かでふさがっていたからなんじゃ…」

「…もしくは右手《みぎて》で取《と》らざるを得《え》なかったか…」

「ほう…なぜ？」

沖矢《おきや》が腕組《うでぐ》みをしたまま聞《き》く。

「その携帯《けいたい》はね…その男《おとこ》が手《て》に取《と》る前《まえ》に別《べつ》の男《おとこ》が拾《ひろ》っていて、その拾《ひろ》った男《おとこ》が右利《みぎき》きだったからですよ…」

「別《べつ》の男《おとこ》？」

「ええ…実際《じっさい》には3人《にん》の男《おとこ》にその携帯《けいたい》を拾《ひろ》わせようとしていたようですけどね…」

そう言《い》うと、安室《あむろ》は挑戦的《ちょうせんてき》な口調《くちょう》で沖矢《おきや》に問《と》いかけた。

「さて、ここでクエッション…。最初《さいしょ》に拾《ひろ》わせようとしたのは脂性《あぶらしょう》の太《ふと》った男《おとこ》…次《つぎ》は首《くび》にギプスをつけた痩《や》せた男《おとこ》…そして最後《さいご》にペースメーカーを埋《う》め込《こ》まれた老人《ろうじん》…」

安室《あむろ》が言《い》っているのは、杯戸中央病院《はいどちゅうおうびょういん》に入院《にゅういん》していた患者《かんじゃ》の中《なか》で、組織《そしき》の一員《いちいん》ではないかとコナンたちが疑《うたが》いをかけた三名《さんめい》のことだった。西矢忠吾《にしやちゅうご》、楠田陸道《くすだりくみち》、そして新木張太郎《しんきちょうたろう》。この三人《さんにん》のうち、誰《だれ》がケガを偽《いつわ》って入院《にゅういん》しているのかを確《たし》かめるため、コナンが彼《かれ》らの前《まえ》でわざと携帯電話《けいたいでんわ》を落《お》として拾《ひろ》わせていたことまで、安室《あむろ》はその捜査網《そうさもう》を駆使《くし》してすでに調《しら》べ上《あ》げていたのだった。

「この3人《にん》の中《なか》で指紋《しもん》が残《のこ》っていたのは1人《り》だけ…誰《だれ》だと思《おも》います？」

「2番目《ばんめ》の痩《や》せた男《おとこ》ですね？」と沖矢《おきや》は答《こた》えた。

「なぜなら最初《さいしょ》の太《ふと》った男《おとこ》が拾《ひろ》った時《とき》に付着《ふちゃく》した指紋《しもん》はきれいに拭《ふ》き取《と》られてしまったから…。脂《あぶら》まみれの携帯《けいたい》を後《あと》の2人《り》に拾《ひろ》わせるのは気《き》が引《ひ》けるでしょうしね…。3番目《ばんめ》の老人《ろうじん》は携帯《けいたい》の電波《でんぱ》でペースメーカーが不具合《ふぐあい》を起《お》こすのを危惧《きぐ》して拾《ひろ》いすらしなかったって所《ところ》でしょうか…」

「ええ…」

うなずいた安室《あむろ》に、沖矢《おきや》はなおも言《い》った。

「でも痩《や》せた男《おとこ》の後《あと》に問題《もんだい》の殺《ころ》された男《おとこ》もその携帯《けいたい》を手《て》にしたんですよね？　だったらその男《おとこ》の指紋《しもん》も…」

「付《つ》かない工夫《くふう》をしていたとしたら？　恐《おそ》らくその男《おとこ》はこうなる事《こと》を見越《みこ》して…あらかじめ指先《ゆびさき》に…」


来葉峠《らいはとうげ》に向《む》かうジョディも、安室《あむろ》と同《おな》じ推理《すいり》に行《い》きついていた。

指紋《しもん》が付《つ》かない工夫《くふう》――それは。

「コーティング!!」

ジョディは助手席《じょしゅせき》で、絶叫《ぜっきょう》した。

「きっとあの時《とき》、秀一《シュウ》は指先《ゆびさき》を透明《とうめい》な接着剤《せっちゃくざい》か何《なに》かでコーティングしてたのよ!!　念《ねん》を入《い》れて両手《りょうて》の指《ゆび》に!!」

「はい？」

と、キャメルが要領《ようりょう》を得《え》ない返事《へんじ》をする。

「コナン君《くん》の携帯《けいたい》をつかんだ時《とき》よ!!　そうしておけば自分《じぶん》の指紋《しもん》を携帯《けいたい》に付《つ》けずに済《す》むから…だからあの時《とき》、秀一《シュウ》は缶《かん》コーヒーを落《お》としたんだわ…指先《ゆびさき》がコーティングされていたせいで滑《すべ》りやすくなっていた為《ため》に!!」

不自然《ふしぜん》に缶《かん》コーヒーを落《お》とした赤井秀一《あかいしゅういち》の姿《すがた》を思《おも》い出《だ》し、ジョディは自分《じぶん》の推理《すいり》を確信《かくしん》した。

「じゃ、じゃあ、あの携帯《けいたい》に付《つ》いていた指紋《しもん》は…」

「秀一《シュウ》のじゃない！　その前《まえ》に手《て》に取《と》った楠田陸道《くすだりくみち》の指紋《しもん》よ!!」

「…って事《こと》はつまり…来葉峠《らいはとうげ》で頭《あたま》を撃《う》たれて車《くるま》ごと焼《や》かれたあの遺体《いたい》は…」

「ええ…楠田陸道《くすだりくみち》の遺体《いたい》だったってわけ…」

赤井秀一《あかいしゅういち》は生《い》きている――その事実《じじつ》に、ジョディは背筋《せすじ》を震《ふる》わせた。

「情況《じょうきょう》はよくわからないけど…恐《おそ》らく秀一《シュウ》は自分《じぶん》と同《おな》じ服《ふく》を着《き》せたその遺体《いたい》を車《くるま》に乗《の》せていて…水無怜奈《みずなしれな》に撃《う》たれたフリをしてタイミングよく遺体《いたい》とスリ替《か》わったんだわ!!」


工藤邸《くどうてい》では、緊迫《きんぱく》した空気《くうき》の中《なか》、沖矢《おきや》と安室《あむろ》が対峙《たいじ》し続《つづ》けていた。

安室《あむろ》の推理《すいり》を聞《き》いた沖矢《おきや》は、腕《うで》を組《く》んだまま、ゆっくりと言《い》った。

「なるほど…なかなか興味深《きょうみぶか》いミステリーですが…その撃《う》たれたフリをした男《おとこ》…その後《あと》どうやってその場《ば》から立《た》ち去《さ》ったんですか？」

「それに答《こた》える前に…TV《テレビ》を消《け》してくれませんか？　大事《だいじ》な話《はなし》をしているんですから…」

安室《あむろ》に言《い》われ、沖矢《おきや》は背後《はいご》の大《おお》きなTV《テレビ》の方《ほう》を振《ふ》り返《かえ》った。

「いいじゃないですか…マカデミー賞《しょう》、気《き》になるんですよ…。それで？　その男《おとこ》はどうやって…」

「その男《おとこ》を撃《う》った女《おんな》とグルだったんでしょうから…恐《おそ》らくその女《おんな》の車《くるま》にこっそり乗《の》り込《こ》んで逃《に》げたんでしょうね…離《はな》れた場所《ばしょ》でその様子《ようす》を見《み》ていた…監視役《かんしやく》の男《おとこ》の目《め》を盗《ぬす》んでね…」

監視役《かんしやく》の男《おとこ》とは、車《くるま》の中《なか》から現場《げんば》の様子《ようす》を見守《みまも》っていた、ジンとウォッカのことだった。

「監視役《かんしやく》がいたんですか…」

「ええ…監視役《かんしやく》の男《おとこ》はまんまとだまされたってわけですよ…なにしろ撃《う》たれた男《おとこ》は頭《あたま》から血《ち》を噴《ふ》いて倒《たお》れたんですから…」

「頭《あたま》から血《ち》を…？」

「だが、それもフェイク…撃《う》たれた男《おとこ》はいつも黒《くろ》いニット帽《ぼう》を被《かぶ》っていましたから…」

そう言《い》うと安室《あむろ》は、窓《まど》の外《そと》に見《み》える、明《あ》かりのついた隣《となり》の家《いえ》を見《み》やった。阿笠博士《あがさはかせ》が灰原《はいばら》とともに暮《く》らす家《いえ》だ。

「この近所《きんじょ》にはMI6《エムアイシックス》も顔負《かおま》けの発明品《はつめいひん》を作《つく》っている博士《はかせ》がいるそうじゃないですか…。彼《かれ》に頼《たの》めば空砲《くうほう》に合《あ》わせてニット帽《ぼう》から血《ち》ノリが噴《ふ》き出《だ》す仕掛《しか》けぐらい簡単《かんたん》に作《つく》れそうだ…」

「じゃあそのグルの女《おんな》に頭《あたま》に向《む》けて空砲《くうほう》を撃《う》ってくれと頼《たの》んでいたんですね？」

「いや…頭《あたま》を撃《う》てと命《めい》じたのは監視役《かんしやく》の男《おとこ》…。予想《よそう》していたんですよ…監視役《かんしやく》の男《おとこ》が拳銃《けんじゅう》でとどめを刺《さ》す際《さい》に必《かなら》ずそうすると…」

(ピスコの時《とき》もそうだったようだし…)

安室《あむろ》は内心《ないしん》でそうつけくわえる。

以前《いぜん》ホテルのパーティー会場《かいじょう》で起《お》きた事件《じけん》で、ピスコという組織《そしき》の男《おとこ》を始末《しまつ》した際《さい》、ジンは拳銃《けんじゅう》でピスコの頭《あたま》を撃《う》ち抜《ぬ》いて殺《ころ》したのだ。

「なかなかやるじゃないですか、その男《おとこ》…まるでスパイ小説《しょうせつ》の主人公《しゅじんこう》のようだ…」

沖矢《おきや》が感心《かんしん》したように言《い》う。

「だがこの計画《けいかく》を企《くわだ》てたのは別《べつ》の人物《じんぶつ》…その証拠《しょうこ》にその男《おとこ》は撃《う》たれた刹那《せつな》にこう呟《つぶや》いている…。『まさかここまでとはな…』ってね…」

「『まさかここまでとはな…』ですか…。私《わたし》には自分《じぶん》の不運《ふうん》を嘆《なげ》いているようにしか聞《き》こえませんが…」

「ええ…当《あ》たり前《まえ》にとらえるとね…。だが、これにある言葉《ことば》を加《くわ》えると…その意味《いみ》は一変《いっぺん》する…」

安室《あむろ》はそこで一度《いちど》言葉《ことば》を切《き》り、勝《か》ち誇《ほこ》った顔《かお》で、まっすぐに沖矢《おきや》を見《み》つめた。

「『まさかここまで…読《よ》んでいたとはな』。そう…この計画《けいかく》を企《くわだ》てたある少年《しょうねん》を…称賛《しょうさん》する言葉《ことば》だったというわけですよ…」

「なるほど…面白《おもしろ》い…」

沖矢《おきや》がマスク越《ご》しに、くぐもった声《こえ》でつぶやいた。


ジョディとキャメルが同乗《どうじょう》した車《くるま》は、来葉峠《らいはとうげ》を目指《めざ》して、曲《ま》がりくねった山道《やまみち》を飛《と》ばしていた。

「し、しかし…とても信《しん》じられないですよ…だって赤井《あかい》さんがその携帯《けいたい》に触《さわ》ったのって…水無怜奈《みずなしれな》を奴《やつ》らに奪還《だっかん》させる前《まえ》ですよね？　その時点《じてん》でもう赤井《あかい》さんは自分《じぶん》を殺《ころ》せと彼女《かのじょ》が命《めい》じられる事《こと》を想定《そうてい》していたんですか⁉」

「ええ…秀一《シュウ》ならそれくらい…」

ジョディは言《い》いかけて、ある心当《こころあ》たりに思《おも》い至《いた》り、凍《こお》りついた。

(いや…秀一《シュウ》じゃない…)

赤井秀一《あかいしゅういち》が触《さわ》った携帯《けいたい》をジョディに渡《わた》したのは、江戸川《えどがわ》コナンだった。

そして、彼《かれ》はジョディに『がんばってね！』と声《こえ》をかけたのだ。

(これって…まさか…)

この企《たくら》みの黒幕《くろまく》は——江戸川《えどがわ》コナンなのだろうか？

「少々飛《しょうしょうと》ばしますよ…」

運転席《うんてんせき》のキャメルが、ふいにボソリとつぶやいた。

「え？」

「後《うし》ろから妙《みょう》な車《くるま》が数台《すうだい》…つけて来《き》ているんでね…」

そう言《い》うと、キャメルはシフトレバーを切《き》り替《か》えた。

車《くるま》は速度《そくど》を上《あ》げ、列《れつ》になった後続車《こうぞくしゃ》を引《ひ》き離《はな》しにかかる。

「そ、それで⁉　その後《ご》、赤井《あかい》さんはどこで何《なに》を⁉」

「さ、さあ…」

「心当《こころあ》たりのある人《ひと》とかいないんですか？　口癖《くちぐせ》が赤井《あかい》さんと同《おな》じとか…」

「口癖《くちぐせ》？」

聞《き》き返《かえ》したジョディに、キャメルがもどかしげに言《い》う。

「ホラ、赤井《あかい》さんよく言《い》ってたじゃないですか‼『50《フィフティ》・50《フィフティ》だからお互《たが》い様《さま》だ』とか…」

そう言《い》われ、ジョディが思《おも》い出《だ》したのは、米花百貨店《べいかひゃっかてん》で起《お》きた爆弾騒《ばくだんさわ》ぎで出《で》くわした男《おとこ》だった。

人《ひと》ごみの中《なか》で、ジョディはその男《おとこ》に、ぶつかってしまったのだ。

――すみません…大丈夫《だいじょうぶ》ですか？

そう言《い》って片手《かたて》を差《さ》し出《だ》してきた男《おとこ》は、続《つづ》けざまにこう言《い》った。

――でも過失《かしつ》の割合《わりあい》は50《フィフティ》・50《フィフティ》です…周《まわ》りの注意《ちゅうい》を怠《おこた》っていた君《きみ》にも非《ひ》はある…。

「あーっ‼」

ジョディは今《いま》さらピンときて、叫《さけ》んだ。

「彼《かれ》よ彼《かれ》‼」

「え？」

「前《まえ》に話《はな》したでしょ？　米花百貨店《べいかひゃっかてん》でぶつかった眼鏡《めがね》の妙《みょう》な男《おとこ》の事《こと》…」

その時《とき》、キャメルたちの車《くるま》の前方《ぜんぽう》に、二台《にだい》の車《くるま》が立《た》ちはだかった。車《くるま》は車線《しゃせん》をふさいで停車《ていしゃ》している。

どうやら力《ちから》づくで、キャメルたちを止《と》めるつもりらしい。

「くっ」

「ウソ!? 車《くるま》でバリケード!?」

ジョディが目《め》を見開《みひら》いて叫《さけ》ぶ。

しかしキャメルは、車《くるま》を停車《ていしゃ》させるどころか、速度《そくど》を上《あ》げた。

「舌《した》を噛《か》まないように…奥歯《おくば》、噛《か》み締《し》めてくださいよ!!」

ハンドルを切《き》り、路肩《ろかた》の岩《いわ》に片輪《かたりん》を乗《の》り上《あ》げさせて、車体《しゃたい》を傾《かたむ》ける。

そして、二台並《にだいなら》んだ車《くるま》の間《あいだ》を、巧《たく》みにすり抜《ぬ》けてしまった。

「さすがね、キャメル!!」

「しかし何《なん》なんですか、あいつら…」

キャメルはミラーを確認《かくにん》した。連中《れんちゅう》はあきらめず、なおも追《お》いかけてくる。

「奴《やつ》らの仲間《なかま》でしょうね…秀一《シュウ》が生《い》きてるとわかったから、私達《わたしたち》を拘束《こうそく》して秀一《シュウ》を誘《さそ》い出《だ》す餌《えさ》にする気《き》なのかも…」

「――って事《こと》はやっぱり自分《じぶん》が楠田《くすだ》の拳銃自殺《けんじゅうじさつ》を漏《も》らしたせいで…赤井《あかい》さんの計画《けいかく》を台無《だいな》しに…」

「悔《く》やんでる暇《ひま》はないわよ！　今《いま》は奴《やつ》らを振《ふ》り切《き》る事《こと》に集中《しゅうちゅう》して!!」

ジョディが叱《しか》り飛《と》ばすが、キャメルの表情《ひょうじょう》は蒼白《そうはく》なままだった。

(2年前《ねんまえ》のあの時《とき》と同《おな》じだ…)

キャメルの脳裏《のうり》をよぎったのは、組織《そしき》に潜入捜査中《せんにゅうそうさちゅう》だった赤井秀一《あかいしゅういち》が、キャメルのミスのせいで、スパイだとバレてしまった時《とき》のことだった。

(またやっちまった…すみません…赤井《あかい》さん!!)


工藤邸《くどうてい》では、安室《あむろ》が推理《すいり》を続《つづ》けていた。

「そこから先《さき》は簡単《かんたん》でした…来葉峠《らいはとうげ》の一件後《いっけんご》…その少年《しょうねん》の周《まわ》りに突然現《とつぜんあらわ》れた不審人物《ふしんじんぶつ》を捜《さが》すだけ…あの少年《しょうねん》とこの家《いえ》の家主《やぬし》の工藤優作《くどうゆうさく》が…どういう関係《かんけい》かはまだわかっていませんが…あなたがあの少年《しょうねん》のお陰《かげ》でここに住《す》まわせてもらっているのは確《たし》かのようだ…」

安室《あむろ》は、スマートフォンをテーブルの上《うえ》に置《お》くと、誘《さそ》うように沖矢《おきや》を見《み》た。

「連絡待《れんらくま》ちです…現在《げんざい》、私《わたし》の連《つ》れがあなたのお仲間《なかま》を拘束《こうそく》すべく追跡中《ついせきちゅう》…」

どうやら、今《いま》、キャメルとジョディを追跡《ついせき》している連中《れんちゅう》も、安室《あむろ》の『連《つ》れ』のようだ。

「流石《さすが》のあなたもお仲間《なかま》の生死《せいし》がかかれば…素直《すなお》になってくれると思《おも》いまして…。でもできれば連絡《れんらく》が来《く》る前《まえ》にそのマスクを取《と》ってくれませんかねぇ…沖矢昴《おきやすばる》さん…いや…」

安室《あむろ》は、刺《さ》さらんばかりの鋭《するど》い目《め》つきで、沖矢《おきや》をにらみつけた。

「FBI《エフビーアイ》捜査官《そうさかん》…赤井秀一《あかいしゅういち》!!」

二人《ふたり》の視線《しせん》が交錯《こうさく》する。短《みじか》い沈黙《ちんもく》ののち、沖矢《おきや》がおもむろに、自分《じぶん》の顔《かお》に手《て》を伸《の》ばした。

「……君《きみ》がそれを望《のぞ》むのなら…仕方《しかた》ない…」

「フン…それはありがたい…」

安室《あむろ》が鼻《はな》を鳴《な》らしてすごむ。

しかし、沖矢《おきや》が、ゆっくりと外《はず》したのは、口《くち》もとを覆《おお》っていた風邪用《かぜよう》のマスクだった。

安室《あむろ》が、呆気《あっけ》にとられたような表情《ひょうじょう》になる。沖矢《おきや》は、ゴホゴホと、これ見《み》よがしな咳《せき》をしてみせた。

「少々《しょうしょう》風邪気味《かぜぎみ》なので…マスクをしてもいいですか？　君《きみ》にうつすといけない…」

「そのマスクじゃない…」

イライラと、いまいましげに安室《あむろ》が声《こえ》を荒《あら》らげる。

「その変装《へんそう》を解《と》けと言《い》っているんだ!!　赤井秀一《あかいしゅういち》!!!」

「変装《へんそう》？　赤井秀一《あかいしゅういち》？　さっきから一体何《いったいなん》の話《はなし》です？」

しれっとした様子《ようす》で、沖矢《おきや》が聞《き》き返《かえ》す。

背後《はいご》のTV《テレビ》では、マカデミー賞授賞式《しょうじゅしょうしき》が佳境《かきょう》を迎《むか》えていた。工藤優作《くどうゆうさく》がノミネートされている、最優秀脚本賞《さいゆうしゅうきゃくほんしょう》の発表《はっぴょう》に差《さ》し掛《か》かる。

『それでは続《つづ》いて、最優秀脚本賞《さいゆうしゅうきゃくほんしょう》の発表《はっぴょう》です！　栄《は》えあるこの賞《しょう》に輝《かがや》いたのは…なんと映画《えいが》の脚本《きゃくほん》を手掛《てが》けたのはこれが初《はじ》めてというベストセラー作家《さっか》…「ナイトバロン」シリーズでお馴染《なじ》みのMr《ミスター》．ユウサク・クドウ!!　作品《さくひん》タイトルは「緋色《ひいろ》の捜査官《そうさかん》」です！　では、Mr《ミスター》．クドウに壇上《だんじょう》に上《あ》がってもらいましょう！』

たくさんの拍手《はくしゅ》に祝《いわ》われながら、壇上《だんじょう》へと上《あ》がっていく工藤優作《くどうゆうさく》の様子《ようす》を、TV《テレビ》が映《うつ》している。

中継内容《ちゅうけいないよう》を気《き》にしながらマスクをつけなおす沖矢《おきや》に、安室《あむろ》が問《と》いただした。

「一体何《いったいなに》を企《たくら》んでいる？」

「企《たくら》むとは？」

「ざっと見《み》た感《かん》じだが…玄関先《げんかんさき》に2台《だい》…廊下《ろうか》に3台《だい》…そしてこの部屋《へや》には5台《だい》の隠《かく》しカメラが設置《せっち》されているようだ…この様子《ようす》を録画《ろくが》してFBI《エフビーアイ》にでも送《おく》る気《き》か？」

安室《あむろ》はカマをかけるように片眉《かたまゆ》を上《あ》げて続《つづ》けた。

「それとも別《べつ》の部屋《へや》にいる誰《だれ》かが…この様子《ようす》を見《み》ているのかな？」

ジョディとキャメルが乗《の》った車《くるま》は、曲《ま》がりくねった来葉峠《らいはとうげ》の道《みち》を駆《か》け、なんとか後続車《こうぞくしゃ》から逃《に》げ続《つづ》けていた。

しかし、いつの間《ま》にか、右前輪《みぎぜんりん》が、キュキュ…と妙《みょう》な音《おと》を立《た》てるようになっていた。

「まずい…ハンドルが右《みぎ》に右《みぎ》に取《と》られてしまう…」

キャメルがつぶやく。

「どういう事《こと》？」

「多分《たぶん》、さっき岩《いわ》に乗《の》り上《あ》げた時《とき》にタイヤとホイールがダメージを食《く》らってリムが曲《ま》がり…タイヤのエアが漏《も》れ始《はじ》めているんです…」

「ええっ!?」

ジョディは血相《けっそう》を変《か》えて叫《さけ》んだ。

（このままじゃ…追《お》いつかれる!!）

後《うし》ろを振《ふ》り返《かえ》れば、後続車《こうぞくしゃ》の光《ひかり》はすぐ近《ちか》くまで迫《せま》っていた。

「キャメル、何《なん》とかして！　すぐそこまで追《お》って来《き》てるわよ!!」

「何《なん》とかしてって言《い》われても…こんな時《とき》、赤井《あかい》さんなら何《なん》とかするでしょうけど…」

キャメルがもどかしげに答《こた》える。

（秀一《シュウ》…一体《いったい》どこで何《なに》をやっているの？　どうして教《おし》えてくれなかったの？）

ジョディは祈《いの》るように、赤井秀一《あかいしゅういち》に呼《よ》びかけた。

（答《こた》えてよ、秀一《シュウ》!!）


ゴホゴホと咳《せき》こみながら、沖矢《おきや》は安室《あむろ》の追及《ついきゅう》をかわし続《つづ》けていた。

「そもそも赤井秀一《あかいしゅういち》という男《おとこ》…僕《ぼく》と似《に》ているんですか？　顔《かお》とか声《こえ》とか…」

「フン…。顔《かお》は変装《へんそう》…声《こえ》は変声機《へんせいき》…」

吐《は》き捨《す》てるように言《い》う安室《あむろ》に、「変声機《へんせいき》？」と沖矢《おきや》が聞《き》き返《かえ》す。

「今日《きょう》の昼間《ひるま》、この近辺《きんぺん》を回《まわ》ってリサーチしたんです…隣人《りんじん》である阿笠博士《あがさはかせ》の発明品《はつめいひん》で評《ひょう》判《ばん》がよかったのに、急《きゅう》に販売《はんばい》を止《や》めた物《もの》はないかってね…それはチョーカー型変声機《がたへんせいき》…首《くび》に巻《ま》けばノドの振動《しんどう》を利用《りよう》して自在《じざい》に声《こえ》が変《か》えられて…ストーカーの迷惑電話《めいわくでんわ》にお役立《やくた》ち…」

そう言《い》うと、安室《あむろ》は立《た》ち上《あ》がり、沖矢《おきや》に近《ちか》づいた。

「そう…大《おお》きさは丁度《ちょうど》…そのハイネックで…隠《かく》れるぐらいなんだよ!!」

沖矢《おきや》が着《き》たセーターのハイネックに手《て》をかけ、勢《いきお》いよくめくり——安室《あむろ》ははじかれたように、その場《ば》に固《かた》まった。

あらわになった沖矢《おきや》の首《くび》もとには、チョーカーなど巻《ま》かれてはいなかったのだ。

ジョディとキャメルが乗《の》った車《くるま》は、ガコンガコンと上下《じょうげ》に大《おお》きく振動《しんどう》するようになっていた。

(くそっ、タイヤのエアがもう…ここまでか…)

二人《ふたり》の顔《かお》に、あきらめの色《いろ》が浮《う》かぶ。

その時《とき》だった。

誰《だれ》もいないはずの後部座席《こうぶざせき》から、聞《き》き覚《おぼ》えのある男《おとこ》の声《こえ》が聞《き》こえてきたのだ。

「屋根《やね》を開《あ》けろ…」

(え?)

後続車《こうぞくしゃ》のヘッドライトに照《て》らされ、黒《くろ》のニット帽《ぼう》を被《かぶ》った男《おとこ》のシルエットが浮《う》かび上《あ》がる。

「開《あ》けるんだ　キャメル…」

男《おとこ》に命《めい》じられ、キャメルが条件反射《じょうけんはんしゃ》のように「あ、はい!」と返事《へんじ》をし、ボタンを押《お》して屋根《やね》を開《あ》けた。

ガコガコと音《おと》を立《た》てて、車《くるま》の屋根《やね》が開《ひら》いていく。

後部座席《こうぶざせき》に座《すわ》っていた男《おとこ》の顔《かお》を見《み》て、ジョディとキャメルは息《いき》をのんだ。

「シュ…秀一《シュウ》!」

「あ…赤井《あかい》しゃん…」

チョーカー型変声機《がたへんせいき》が、ない……!!

沖矢《おきや》のタートルネックに手《て》をかけたまま、唖然《あぜん》として立《た》ち尽《つ》くした安室《あむろ》の背後《はいご》で、スマートフォンが着信《ちゃくしん》した。

「電話《でんわ》…鳴《な》ってますけど…」

沖矢《おきや》に指摘《してき》され、のろのろと手《て》を伸《の》ばす。

電話《でんわ》は、赤井秀一《あかいしゅういち》を追《お》わせている仲間《なかま》の一人《ひとり》からだった。

「あ、ああ…どうした？　遅《おそ》かったな…え？」

仲間《なかま》からの報告《ほうこく》を聞《き》き、安室《あむろ》は顔色《かおいろ》を変《か》えた。

「あ…赤井《あかい》が!?」


赤井秀一《あかいしゅういち》が生《い》きていた――

予想《よそう》だにしていなかった再会《さいかい》に、キャメルはすっかり涙目《なみだめ》になっている。

車《くるま》の前方《ぜんぽう》には、大《おお》きなカーブが見《み》えていた。

「このカーブを抜《ぬ》けたら２００m《メートル》のストレート…」

後部座席《こうぶざせき》の赤井《あかい》が、後続車《こうぞくしゃ》を見《み》やってつぶやく。

「5秒《びょう》だ。キャメル…」

「え？」

聞《き》き返《かえ》したキャメルに、赤井《あかい》は不敵《ふてき》に微笑《ほほえ》んだ。

「5秒間《びょうかん》ハンドルと速度《そくど》を固定《こてい》しろ…このくだらんチェイスにケリをつけてやる…」

「りょ、了解《りょうかい》!!」

「——っていうか、あんたどこで何《なに》やってたのよ？　何《なん》で車《くるま》に乗《の》ってるわけ？」

ジョディが赤井《あかい》を問《と》いただす。赤井《あかい》は落《お》ち着《つ》きはらって答《こた》えた。

「全《すべ》て思惑通《おもわくどお》りだよ…あのボウヤのな…」

「あのボウヤってまさか…コナン君《くん》？」

「ああ…俺《おれ》の身柄《みがら》を抵抗《ていこう》なしで確保《かくほ》するには…俺《おれ》とつながりが深《ふか》そうなお前《まえ》らのどちらかを拘束《こうそく》するはず…人知《ひとし》れずそれを実行《じっこう》するには、FBI《エフビーアイ》の仲間《なかま》から離《はな》れる車《くるま》での外出中《がいしゅつちゅう》…俺《おれ》の死《し》に不審感《ふしんかん》を持《も》ち始《はじ》めていたジョディなら恐《おそ》らくこの来葉峠《らいはとうげ》に来《く》ると的中《てきちゅう》させていたよ…」

話《はな》しながら、赤井《あかい》は手袋《てぶくろ》をつけ、懐《ふところ》から拳銃《けんじゅう》を取《と》り出《だ》した。

「け、拳銃《けんじゅう》って…あんた何《なに》を⁉」

ギャギャ、と音《おと》を立《た》てて車《くるま》がドリフトし、カーブを曲《ま》がる。車《くるま》は相変《あいか》わらず、タイヤのエア漏《も》れにより、ガタンガタンと縦《たて》に揺《ゆ》れ続《つづ》けている。

「200メートルのストレート!! 見《み》えました!!」

キャメルが叫《さけ》ぶ。

赤井《あかい》は座席《ざせき》から後《うし》ろに向《む》かって身《み》を乗《の》り出《だ》し、銃《じゅう》を構《かま》えた。

「任《まか》せたぞ、キャメル…」

「了解《りょうかい》! 5秒間《びょうかん》、ハンドルと速度固定《そくどこてい》します!! 1《いち》…」

キャメルがカウントを始《はじ》める。

しかし、いかにハンドルと速度《そくど》を固定《こてい》しようと、車《くるま》の縦揺《たてゆ》れはやまない。

「無茶《むちゃ》よ!」

ジョディがたまらず叫《さけ》んだ。

「タイヤのエア漏《も》れで車《くるま》が揺《ゆ》れているのに、拳銃《けんじゅう》の照準《しょうじゅん》を定《さだ》めるなんて…」

「2《にい》…」

キャメルがカウントを続《つづ》ける。

「規則的《きそくてき》な振動《しんどう》なら…計算《けいさん》できる…」

平然《へいぜん》とそうつぶやくと、赤井《あかい》は片目《かため》をつぶり、後続車《こうぞくしゃ》に狙《ねら》い定《さだ》めた。

「3《さん》…4《しい》…」

直線《ちょくせん》が終《お》わりに近《ちか》づき、次《つぎ》のカーブが目前《もくぜん》に迫《せま》る。

「ぶ…ぶつかる‼」

ジョディが悲鳴《ひめい》をあげる。

と、ほとんど同時《どうじ》に、赤井《あかい》が引《ひ》き金《がね》を引《ひ》いた。

ドン！

飛《と》び出《だ》した銃弾《じゅうだん》は、正確無比《せいかくむひ》に、追跡車《ついせきしゃ》の右前輪《みぎぜんりん》に命中《めいちゅう》した。

バム、と鈍《にぶ》い音《おと》を立《た》ててタイヤがパンクし、スピンする。

キャメルたちの車《くるま》は、カーブを曲《ま》がり切《き》れずガードレールに接触《せっしょく》したものの、そのまま走行《そうこう》を続《つづ》けた。

「追《お》って来《こ》ないって事《こと》は、振《ふ》り切《き》ったようね…」

後続《こうぞく》の様子《ようす》をうかがいながら、ジョディが言《い》う。

「流石《さすが》、赤井《あかい》さん…」

ほっとしてつぶやいたキャメルに、赤井《あかい》が短《みじか》く命《めい》じた。

「キャメル…戻《もど》れ…」

「りょ、了解《りょうかい》!!」

訳《わけ》もわからぬまま、キャメルが従順《じゅうじゅん》にハンドルを切《き》る。

せっかく振《ふ》り切《き》ることができた相手《あいて》のところに、わざわざ戻《もど》る——!?

「ちょっと…ウソでしょ!?」

ジョディは赤井《あかい》の正気《しょうき》を疑《うたが》った。


「何《なに》!? 赤井《あかい》が拳銃《けんじゅう》を発砲《はっぽう》!?」

仲間《なかま》からの電話《でんわ》を受《う》けた安室《あむろ》は、目《め》を見開《みひら》いた。

「それで追跡《ついせき》は!?」

『先頭《せんとう》の車《くるま》はタイヤに被弾《ひだん》してクラッシュ…後続車《こうぞくしゃ》もそれに巻《ま》き込《こ》まれて走行不能車《そうこうふのうしゃ》の続《ぞく》出《しゅつ》で…』

「動《うご》ける車《くるま》があるのなら奴《やつ》を追《お》え!! 今逃《いまのが》したら今度《こんど》はどこに雲隠《くもがく》れするか…」

安室《あむろ》が、いつもの好青年《こうせいねん》らしからぬ厳《きび》しい口調《くちょう》で、電話口《でんわぐち》に向《む》かって指示《しじ》を飛《と》ばす。

そこへ、オホンと咳払《せきばら》いを一《ひと》つして、沖矢《おきや》が水《みず》を差《さ》した。

「すみません…少々静《しょうしょうしず》かにしてもらえますか？　今《いま》、この家《いえ》の家主《やぬし》が大変《たいへん》な賞《しょう》を受賞《じゅしょう》して
…スピーチする所《ところ》なんですから…」

そう言《い》って背後《はいご》のテレビを目《め》をやり、「会《あ》った事《こと》はありませんけどね…」と付《つ》け足《た》す。

テレビの中《なか》では、壇上《だんじょう》の工藤優作《くどうゆうさく》が、マイクを握《にぎ》ってしゃべりだすところだった。

『どーも…紹介《しょうかい》して頂《いただ》いた工藤優作《くどうゆうさく》です…今回《こんかい》、私《わたくし》ごときが賞《しょう》を獲得《かくとく》できたのは、この新《しん》人脚本家《じんきゃくほんか》のシナリオを見事《みごと》に映像化《えいぞうか》された監督《かんとく》、スタッフ、俳優《はいゆう》の方々《かたがた》のお陰《かげ》だと思《おも》って
おります…そして、忘《わす》れてならないのがこの「緋色《ひいろ》の捜査官《そうさかん》」のモデルとなった彼《かれ》…』

『モデルがいるんですか？』

司会者《しかいしゃ》の男《おとこ》が聞《き》いた。

『ええ…困《こま》った事《こと》に今《いま》、妻《つま》がその彼《かれ》に夢中《むちゅう》でして…』

そう言《い》うと、優作《ゆうさく》は、肩《かた》をすくめ、愛嬌《あいきょう》のある表情《ひょうじょう》になって口調《くちょう》を変《か》えた。

『イケメンで礼儀正《れいぎただ》しく、クールでダンディーで…もオＦＢＩ《エフビーアイ》に置《お》いとくにはもったいな
いくらーい♡　──っと妻《つま》は申《もう》しておりました…』

赤井秀一《あかいしゅういち》の狙撃《そげき》によって、追跡者《ついせきしゃ》たちは車《くるま》をクラッシュさせられ、走行不能《そうこうふのう》となっていた。

「し、しかし…追《お》えといわれてもこの状況《じょうきょう》では…」

追跡《ついせき》していた男《おとこ》の一人《ひとり》が、電話口《でんわぐち》の安室《あむろ》に向《む》かって、困《こま》ったように言《い》う。

そこへ、キッと一台《いちだい》の車《くるま》が止《と》まった。

「大丈夫《だいじょうぶ》か？」

オープンシートになった後部座席《こうぶざせき》から顔《かお》を見《み》せたのは、赤井秀一《あかいしゅういち》だ。

「あ、赤井《あかい》…」

我々《われわれ》を振《ふ》り切《き》ったはずの赤井秀一《あかいしゅういち》が、なぜのうのうと戻《もど》って来《き》た……？

男《おとこ》たちはみな、呆気《あっけ》にとられていた。

「悪《わる》く思《おも》わんでくれよ…仕掛《しか》けて来《き》たのはあんたらの方《ほう》だし…ああでもしなければ死人《しにん》が出《で》かねぬ勢《いきお》いだったからな…」

そう言《い》うと、赤井《あかい》は男《おとこ》たちに、持《も》っていた拳銃《けんじゅう》を差《さ》し出《だ》した。

「そこで提案《ていあん》だが…今《いま》、あんたが持《も》っている携帯《けいたい》と…さっき発砲《はっぽう》したこの拳銃《けんじゅう》…交換《こうかん》してはくれないか？」


追跡者《ついせきしゃ》たちは、銃《じゅう》を構《かま》えて警戒《けいかい》しながらも、携帯電話《けいたいでんわ》を赤井《あかい》に渡《わた》した。

『おい？　どうした？　状況《じょうきょう》は!?　応答《おうとう》しろ!!』

受話口《じゅわぐち》からは、途切《とぎ》れた電話《でんわ》に向《む》かって声《こえ》をかけ続《つづ》ける安室《あむろ》の声《こえ》が聞《き》こえてくる。

携帯《けいたい》を受《う》け取《と》った赤井秀一《あかいしゅういち》は、どこか楽《たの》しげに、安室《あむろ》に話《はな》しかけた。

「久《ひさ》しぶりだな…バーボン…いや…今《いま》は安室透君《あむろとおるくん》だったかな？」

赤井《あかい》の声《こえ》を耳《みみ》に入《い》れるやいなや、安室《あむろ》の表情《ひょうじょう》がこれ以上《いじょう》ないほど苦々《にがにが》しげになる。

(赤井《あかい》…秀一《しゅういち》…)

余裕《よゆう》のない安室《あむろ》とは裏腹《うらはら》に、赤井《あかい》は悠々《ゆうゆう》とした口調《くちょう》で語《かた》りかけた。

「君《きみ》の連《つ》れの車《くるま》をオシャカにしたお詫《わ》びに…ささやかな手土産《てみやげ》を授《さず》けた…。楠田陸道《くすだりくみち》が自殺《じさつ》に使用《しよう》した拳銃《グロッグ17》だ…。入手《にゅうしゅ》ルートを探《さぐ》れば何《なに》かわかるかも知《し》れん…ここは日本《にっぽん》…そういう事《こと》はFBIより君《きみ》らの方《ほう》が畑《はたけ》だろ？」

「まさか お前《まえ》、俺《おれ》の正体《しょうたい》を⁉」

安室《あむろ》がはっとして、赤井《あかい》に詰《つ》め寄《よ》る。

「組織《そしき》にいた頃《ころ》から疑《うたが》ってはいたが…あだ名《な》が『ゼロ』だとあのボウヤに漏《も》らしたのは失《しっ》敗《ぱい》だったな。『ゼロ』とあだ名《な》される名前《なまえ》は数少《かずすく》ない…調《しら》べやすかったよ…降谷零君《ふるやれいくん》…」

赤井《あかい》に本名《ほんみょう》を呼《よ》ばれ、安室《あむろ》の表情《ひょうじょう》が愕然《がくぜん》としたものに変《か》わる。

「恐《おそ》らく俺《おれ》の身柄《みがら》を奴《やつ》らに引《ひ》き渡《わた》し、大手柄《おおてがら》をあげて組織《そしき》の中心近《ちゅうしんちか》くに食《く》い込《こ》む算段《さんだん》だったようだが…これだけは言《い》っておく…。目先《めさき》の事《こと》に囚《とら》われて…狩《か》るべき相手《あいて》を見誤《みあやま》らないで頂《いただ》きたい…君《きみ》は、敵《てき》に回《まわ》したくない男《おとこ》の1人《り》なんでね…」

そう言《い》うと、赤井《あかい》は目《め》を閉《と》じ、静《しず》かにこう付《つ》け加《くわ》えた。

「それと…彼《かれ》の事《こと》は今《いま》でも悪《わる》かったと思《おも》っている…」

(彼《かれ》？)

ジョディが聞《き》きとがめ、不思議《ふしぎ》そうな顔《かお》になる。どうやら赤井《あかい》と安室《あむろ》の間《あいだ》には、当人《とうにん》たちにしかわからない因縁《いんねん》があるらしい。

電話《でんわ》を終《お》えた赤井《あかい》は、「よし、キャメル、車《くるま》を出《だ》せ…」と指示《しじ》を出《だ》すと、携帯《けいたい》を男《おとこ》に投《な》げ返《かえ》した。

(彼《かれ》の事《こと》は…今《いま》でも悪《わる》かったと思《おも》っている…)

赤井《あかい》の言葉《ことば》を思《おも》い返《かえ》し、安室《あむろ》はきつく歯《は》を噛《か》みしめた。赤井《あかい》の謝罪《しゃざい》は、安室《あむろ》の憎《にく》しみを、かえって深《ふか》く駆《か》り立《た》てたようだ。

ジョディたちが乗《の》っていた車《くるま》を猛追《もうつい》した男《おとこ》たち——その正体《しょうたい》は、公安警察《こうあんけいさつ》だった。

コナンの推察通《すいさつどお》り、安室透《あむろとおる》は公安警察《こうあんけいさつ》の一員《いちいん》だったのだ。

彼《かれ》らがＦＢＩ《エフビーアイ》の車《くるま》を追《お》ったのも、安室《あむろ》の指示《しじ》によるものだ。組織《そしき》を追《お》う者同士《ものどうし》だからといって、安室《あむろ》には、ＦＢＩ《エフビーアイ》と馴《な》れ合《あ》う気《き》など毛頭《もうとう》ない。

「ふ、降谷《ふるや》さん、どうします？　追《お》いますか？」

電話越《でんわご》しに公安《こうあん》の男《おとこ》に聞《き》かれ、安室《あむろ》は冷静《れいせい》に指示《しじ》を出《だ》した。

「我々《われわれ》の正体《しょうたい》を知《し》られた以上《いじょう》、これ以上《いじょう》の深追《ふかお》いは危険《きけん》…。撤収《てっしゅう》してください…上《うえ》には僕《ぼく》の方《ほう》から話《はな》しますので…」

そう言《い》って電話《でんわ》を切《き》ると、愛想《あいそ》のいい笑顔《えがお》を作《つく》って、沖矢《おきや》の方《ほう》へと向《む》き直《なお》る。

「あ、すみません、何《なに》か勘違《かんちが》いだったようで…帰《かえ》りますね…」

「ええ…」

リビングを出《で》ていこうとした安室《あむろ》は、ふと沖矢《おきや》の方《ほう》を振《ふ》り返《かえ》った。

「…帰《かえ》る前《まえ》に…1つ聞《き》いていいですか？　どうして僕《ぼく》のような怪《あや》しい人間《にんげん》を家《いえ》に入《い》れたりしたんです？　普通《ふつう》入《い》れないでしょ？」

「是《ぜ》が非《ひ》でも話《はなし》をしたいという顔《かお》をされていたのでつい…随分《ずいぶん》、話好《はなしず》きな宅配業者《たくはいぎょうしゃ》の方《かた》だなぁと思《おも》っていましたけど…」

「はぁ…そうですか…」

安室《あむろ》は気《き》の抜《ぬ》けた顔《かお》でうなずいた。


赤井《あかい》とジョディ、そしてキャメルを乗《の》せた車《くるま》は、来葉峠《らいはとうげ》を後《あと》にした。

後続《こうぞく》を気《き》にするが、追《お》ってくる車《くるま》の気配《けはい》はないようだ。

「で？　あいつら一体何《いったいなん》だったの？　全然話《ぜんぜんはなし》が見《み》えないんだけど…」

わけがわからないという顔《かお》で聞《き》くジョディに、赤井《あかい》は、コナンと連絡《れんらく》を取《と》るためのインカムを耳《みみ》に着《つ》けながら答《こた》えた。

「立場《たちば》は違《ちが》うが…本質《ほんしつ》は俺達《おれたち》と同《おな》じ…。奴《やつ》らに噛《か》み付《つ》こうとしている…狼達《おおかみたち》だよ…」

安室透《あむろとおる》と仲間《なかま》たちの車《くるま》が走《はし》り去《さ》ったのを窓《まど》から確認《かくにん》すると、沖矢《おきや》は金属探知機《きんぞくたんちき》を持《も》って家《いえ》の中《なか》を歩《ある》き回《まわ》った。

「家《いえ》の中《なか》に仕掛《しか》けられた盗聴器《とうちょうき》の類《たぐい》は…なしと…おーい！　もういいぞ！」

声《こえ》をかけても返事《へんじ》がないので、二階《にかい》に上《あ》がって扉《とびら》を開《あ》けると、コナンがくたびれきった顔《かお》で机《つくえ》につっぷしていた。

「あ～～～～…ちかれた～～～…」

机《つくえ》の上《うえ》には監視《かんし》カメラの映像《えいぞう》が映《うつ》し出《だ》されたスクリーンがずらりと並《なら》び、手元《てもと》にはマイクセットが置《お》かれている。

「──ったく、打《う》ち合《あ》わせ通《どお》りにやってくれよな？」

そう言《い》って、コナンはうらめしげに沖矢《おきや》をにらんだ。

「勝手《かって》に喋《しゃべ》り出《だ》すから…バレるんじゃないかとヒヤヒヤもんだったぜ…」

「うまくいったじゃないか…」

鷹揚《おうよう》に言《い》い、沖矢《おきや》が口元《くちもと》のマスクを外《はず》す。

すると、その声色《こわいろ》が変化《へんか》した。

「基本《きほん》は、このマスクに仕込《しこ》まれた変声機《へんせいき》で私《わたし》が喋《しゃべ》り…マスクを取《と》れと言《い》われたり、答《こた》えにくい質問《しつもん》をされた場合《ばあい》は…ゴホゴホと二度咳払《にどせきばら》いをした後《あと》、変声機《へんせいき》に内蔵《ないぞう》されたスピーカーを通《とお》してお前《まえ》が答《こた》える…そのモニターで彼《かれ》の問《と》いやそれに対応《たいおう》する私《わたし》の動《うご》きに合《あ》わせて、答《こた》えを予測《よそく》し俊敏《しゅんびん》かつスムーズに…。そして私《わたし》が喋《しゃべ》りたくなったら一度咳払《いちどせきばら》いをする…咳払《せきばら》いで声《こえ》の違《ちが》いはわからんからな…」

そう言《い》うと、沖矢《おきや》は顔《かお》に手《て》をかけ、ビリッとマスクをはがした。

顔型《かおがた》マスクの下《した》から現《あらわ》れた素顔《すがお》は、丁度今《ちょうどいま》マカデミー賞授賞式《しょうじゅしょうしき》に出演《しゅつえん》しているはずの——工藤優作《くどうゆうさく》のものだった。

「上出来《じょうでき》じゃないか!! 助演男優賞《じょえんだんゆうしょう》をもらいたいぐらいだよ！」

優作《ゆうさく》は自画自賛《じがじさん》すると、リビングの方《ほう》を見《み》やって続《つづ》けた。

「まぁ…この賞《しょう》を最《もっと》も与《あた》えたいのは今《いま》モニターの中《なか》で頑張《がんば》ってる…彼女《かのじょ》だろうけど…」

つけっ放《ぱな》しのTV《テレビ》から、インタビューを受《う》けている工藤優作《くどうゆうさく》の声《こえ》が聞《き》こえてくる。

——『それではMr《ミスター》・クドウ！ 次回作《じかいさく》の予定《よてい》は？』

――『ま、まぁぼちぼち…』

マカデミー賞授賞式《しょうじゅしょうしき》に出演《しゅつえん》している工藤優作《くどうゆうさく》は、シークレットブーツで身長《しんちょう》を高《たか》く見《み》せ、タキシードシャツのえりで隠《かく》した首元《くびもと》に変声機《へんせいき》を巻《ま》いた、工藤有希子《くどうゆきこ》の変装《へんそう》なのだった。

「母《かあ》さんに感謝《かんしゃ》するんだぞ…私《わたし》を変装《へんそう》させた後《あと》、すぐに飛行機《ひこうき》でマカデミー賞《しょう》の会場《かいじょう》に向《む》かって私《わたし》を演《えん》じてくれたんだから…」

「あぁ…身内《みうち》の変装《へんそう》は得意《とくい》だからな…」

そう。今夜《こんや》、工藤邸《くどうてい》で安室《あむろ》を迎《むか》えた沖矢昴《おきやすばる》は、工藤優作《くどうゆうさく》の変装《へんそう》だった。

楠田陸道《くすだりくみち》のことが、安室透《あむろとおる》にバレた――そのことに気《き》づいたコナンと赤井秀一《あかいしゅういち》が、すぐにでも乗《の》り込《こ》んで来《く》るであろう安室《あむろ》を迎《むか》え撃《う》つために打《う》った芝居《しばい》だったのだ。

「それで？　私《わたし》がわざわざ身代《みが》わりになったＦＢＩ《エフビーアイ》の彼《かれ》は…またここに戻《もど》って来《く》るのか？」

「ああ…」

優作《ゆうさく》に聞《き》かれ、コナンはうなずいて、窓《まど》の外《そと》に見《み》える阿笠博士《あがさはかせ》の家《いえ》の明《あ》かりを眺《なが》めた。

その明《あ》かりのもとでは、阿笠博士《あがさはかせ》とともに、灰原哀《はいばらあい》が一緒《いっしょ》に暮《く》らしているはずだ。

「守《まも》んなきゃいけねぇ奴《やっ》が…いるからな…」

翌日《よくじつ》。

コナンは、喫茶店《きっさてん》ポアロを訪《たず》ねた。

そこには、店員《てんいん》として何食《なにく》わぬ顔《かお》で働《はたら》く、安室透《あむろとおる》の姿《すがた》があった。

「あ…いらっしゃ…」

二人《ふたり》は目《め》を合《あ》わせ、しばし沈黙《ちんもく》する。

やがて、コナンはふっと表情《ひょうじょう》をゆるめ、こうつぶやいた。

「ウソつき…」

答《こた》えるように、安室透《あむろとおる》もやんわりと微笑《ほほえ》んだ。

「君《きみ》に言《い》われたくはないさ…」

And the mystery will go on...

Shogakukan Junior Bunko

★小学館ジュニア文庫★

名探偵コナン
安室透セレクション　ゼロの推理劇《ミステリー》

2018年４月16日　初版第１刷発行
2022年３月19日　　　第７刷発行

著者／酒井匙
原作・イラスト／青山剛昌

発行人／吉田憲生
編集人／今村愛子
編集／山口久美子

発行所／株式会社　小学館
〒101-8001　東京都千代田区一ツ橋２－３－１
電話　編集　03-3230-5105
販売　03-5281-3555

印刷・製本／中央精版印刷株式会社

デザイン／石沢将人＋ベイブリッジ・スタジオ

ISBN 978-4-09-231230-2